John Fante
Westlich von Rom

Roman

Aus dem Amerikanischen von Doris Engelke

MaroVerlag

Die amerikanische Originalausgabe erschien 1985 bei
Black Sparrow Press, Santa Rosa, unter dem Titel:
West of Rome © 1985 by Joyce Fante
Diese Ausgabe erscheint mit freundlicher
Genehmigung von Ecco, einem Imprint von
HarperCollins Publishers, New York.

© 2017 für die deutsche Ausgabe: MaroVerlag, Augsburg

Umschlag: Kolja Burmester
Druck und Bindung: CPI, Leck
Gedruckt auf säurefreiem, alterungsbeständigen Werkdruckpapier.
Printed in Germany
ISBN 978-3-87512-479-8

Die Deutsche Nationalbibliothek verzeichnet diese
Publikation in der Deutschen Nationalbibliografie;
detaillierte bibliografische Daten sind im Internet
über http://dnb.d-nb.de abrufbar.

1

Es war Januar und kalt und dunkel. Es regnete, und ich war müde und fühlte mich scheußlich, und meine Scheibenwischer funktionierten nicht, und ich hatte Kopfschmerzen nach einem langen Abend voll Wein und Gerede mit einem millionenschweren Regisseur, der wollte, dass ich aus dem Mord an Sharon Tate ein Drehbuch machte »in der Art von *Bonnie und Clyde*, witzig und geschmackvoll«. Geld war kein Thema gewesen. »Wir sind Partner, fifty-fifty.« Es war das dritte Angebot dieser Art im letzten halben Jahr, ein sehr entmutigendes Zeichen.

Ich kroch mit fünfundzwanzig Stundenkilometern über die Küstenstraße und hielt den Kopf aus dem Fenster. Über mein Gesicht rauschte der Regen, und ich hatte Mühe, den weißen Mittelstreifen nicht aus den Augen zu verlieren. Das Faltdach meines 67er Porsche (vier Raten im Rückstand, die Finanzierungsgesellschaft machte Theater) wurde von den heftigen Windböen fast abgerissen, als ich schließlich vom Highway abbog und in Richtung Meer fuhr.

Wir wohnten auf Point Dume, einer Landzunge, die ins Meer ragt wie eine Titte in einem Pornofilm, an der Nordspitze des Halbmondes, der die Santa Monica Bay bildet. Point Dume ist eine Wohngegend ohne Straßenbeleuchtung, ein chaotischer Vorort, der sich so planlos ausgebreitet hat und so kompliziert von sich windenden Straßen und Sackgassen durchschnitten ist, dass ich mich auch nach zwanzig Jahren bei Nebel oder Regen verirre und oft ziellos durch Straßen wandere, die keine zwei Querstraßen von meinem Haus entfernt sind.

Und es kam, wie es kommen musste in dieser stürmischen Nacht. Ich bog in Bonsall ab statt in Fernhill und machte mich an den langwierigen und aussichtslosen Versuch, mein Haus zu finden. Ich wusste, dass ich am Ende, vorausgesetzt, mir ging nicht vorher der Sprit aus, in Kreisen wieder auf die Küstenstraße und das trübe Licht der Telefonzelle an der Bushaltestelle stoßen würde, wo ich Harriet anrufen konnte, und sie würde kommen und mir den Weg nach Hause zeigen.

Zehn Minuten später erschien sie oben auf dem Berg. Die Scheinwerfer des Kombis bohrten Löcher in den Sturm und schossen auf mich zu. Ich hatte neben der Telefonzelle geparkt. Sie drückte auf die Hupe, sprang aus dem Auto und rannte in einem weißen Regenmantel auf mich zu. Ihre Augen waren weit aufgerissen vor Entsetzen.

»Das hier wirst du brauchen.«

Sie riss meine 22er Pistole unter ihrem Regenmantel hervor und streckte sie mir entgegen. »Auf dem Hof ist was Schreckliches.«

»Was denn?«

»Weiß der Kuckuck.«

Ich wollte die verdammte Knarre nicht. Ich weigerte mich, sie in die Hand zu nehmen. Sie stampfte mit dem Fuß auf.

»Nimm schon, Henry. Die kann dir das Leben retten!«

Sie schob mir die Pistole direkt unter die Nase.

»Was ist es denn, zum Donnerwetter?«

»Ich glaube, es ist ein Bär.«

»Wo?«

»Auf dem Rasen. Unterm Küchenfenster.«

»Vielleicht ist es eins von den Kindern.«

»Mit Fell?«
»Was für Fell?«
»Bärenfell.«
»Vielleicht ist es tot.«
»Es atmet.«
Ich versuchte, ihr die Pistole wieder zuzuschieben. »Hör mal, ich habe nicht vor, einen schlafenden Bären mit einer 22er zu erschießen. Ich bin doch nicht verrückt. Das weckt den nur auf. Ich werde den Sheriff anrufen.«
Ich öffnete die Autotür, aber sie drückte sie wieder zu.
»Nein. Schau dir das Ding erst mal an. Vielleicht ist es ja nichts. Vielleicht ist es nur ein Muli.«
»Oh Scheiße. Jetzt ist es plötzlich ein Muli. Hat es große Ohren?«
»Darauf habe ich nicht geachtet.«
Ich seufzte und ließ den Motor an. Sie rannte zurück zum Kombi und steuerte ihn auf die Straße. Hier gab es keine weiße Mittellinie mehr, deshalb blieb ich dicht hinter ihren Rücklichtern, während der Wagen langsam durch Regenkaskaden rollte.

Unser Haus stand auf einem einen Morgen großen Grundstück, etwa hundert Meter entfernt von den Klippen und dem rauschenden Meer darunter. Es hatte die Form eines Ypsilons und war ein sogenanntes ›Rancho‹ hinter einer Zementmauer, die das Gelände völlig umgab. Hundertfünfzig große Fichten wuchsen entlang der Mauer, und man fühlte sich wie im Wald. Die ganze Anlage sah aus wie das, was sie NICHT war – das Domizil eines erfolgreichen Schriftstellers.

Aber es war abbezahlt bis zum letzten Wasserhahn, und ich hatte den überwältigenden Drang, es loszuwerden und das Land zu verlassen. Nur über meine Leiche, lehnte Harriet immer ab, und ich freute mich oft an sehnsüchtigen Träumereien, in denen sie in einer Blutlache auf dem Küchenfußboden lag, während ich draußen an der Weide ein Grab schaufelte, dann mit siebzigtausend Dollar in meinen Jeans in eine AI Italia nach Rom kletterte und auf der Piazza Navona ein neues Leben anfing, zur Abwechslung mal mit einer Brünetten.

Aber sie war sehr gut, meine Harriet. Sie hatte es fünfundzwanzig Jahre lang mit mir ausgehalten und mir drei Söhne und eine Tochter geschenkt; jeden Einzelnen von ihnen oder eigentlich alle vier hätte ich liebend gerne eingetauscht gegen einen neuen Porsche oder sogar gegen einen MG GD '70.

2 Harriet bog ab und fuhr in die Einfahrt, ich parkte neben ihr in der Garage. Wir waren überrascht, noch ein Auto dort zu sehen, einen Packard von 1940, eine echte Antiquität, die Dominic, unserem Ältesten gehörte, dem größten Chaoten unserer Familie. Wir hatten ihn seit zwei Wochen nicht mehr gesehen. Seine Heimkehr in einer so stürmischen Nacht hieß, dass er entweder Probleme hatte oder ihm die sauberen Hemden ausgegangen waren. Ich öffnete die Heckklappe des Packard. Das Wageninnere stank nach Gras. Harriet langte hinein und hob mit einer Grimasse ein blaues Spitzenunterhöschen hoch. Mit einem Igitt ließ sie es wieder fallen.

Wir verließen die Garage. Das Haus strahlte wie ein voll besetzter Parkplatz, hinter jedem Fenster brannte Licht, und Scheinwerfer über dem Hintereingang und der Garage überfluteten im Regen den Rasen mit bleich irisierendem Licht.

»Es ist noch da«, zögerte Harriet und schaute zur Hintertür. Dann sah ich es, eine dunkle, aufgetürmte Masse, bewegungslos und hingeworfen wie ein Bettvorleger. Ich befahl ihr, Ruhe zu bewahren.

»Die Pistole.«

»Die habe ich im Auto gelassen.«

Sie ging und holte sie und schob sie mir in die Hand.

»Um Himmels willen, reg dich ab«, sagte ich.

Von der Garage bis zur Hintertür waren es etwa fünfzehn Meter, ein Fußweg, der durch das weit heruntergezogene Dach vor dem Regen geschützt war wie eine Veranda. Harriet hielt meinen Rockschoß fest umklammert und ängstlich, und mit schussbereiter Pistole schlich ich auf Zehenspitzen vorwärts, die Augen zusammengekniffen in dem Versuch, das undeutliche Ding im Regen zu erkennen.

Allmählich ließen meine Augen ein Bild entstehen. Da lag ein Schaf. Den Kopf konnte ich nicht sehen, aber der wollige Rumpf und der Bauch waren deutlich erkennbar. Plötzlich änderte der sich drehende Wind die Richtung, in der der Regen herunterrauschte, und die Gestalt sah anders aus.

Mir stockte der Atem. Das war kein Schaf. Es hatte sogar eine Mähne.

»Das ist ein Löwe«, sagte ich und ging rückwärts.

Aber sie hatte scharfe Augen.

»Keins von beidem«, alle Furcht war aus ihrer Stimme verschwunden. »Es ist nur ein Hund!« Sie ging vertrauensvoll darauf zu.

Und es war ein Hund, ein sehr großer Hund mit dickem Fell, braun und schwarz, einem riesigen Kopf und kurzer, dicker schwarzer Nase, ein kummervolles wildes Tier mit dem melancholischen Kopf eines Bären. Wäre nicht das regelmäßige Heben und Senken seines Brustkorbes gewesen, man hätte ihn für tot halten können, denn seine schrägstehenden Augen waren geschlossen. Wenn er ein- und ausatmete, bebte sein schwarzes Maul fast unmerklich. Er war offensichtlich bewusstlos, der Regen trommelte auf ihn nieder.

Während ich versuchte, auf ihn einzureden, schoss Harriet ins Haus und kam mit einem Regenschirm zurück. Wir flüchteten uns darunter und beugten uns über das Ungetüm. Sie streichelte seine feuchte Nase.

»Armer Kerl, was ihm wohl fehlt?«

Ich spielte mit seinen dicken, schwarzen, robusten Ohren. »Der Hund ist sehr krank«, sagte ich, als meine Finger eine Zecke spürten, die so groß war wie eine Bohne und so vollgesogen mit Blut, dass sie in meiner Hand umherrollte wie eine Murmel. Ich schnippte sie weg.

»Was tut der hier?«

»Dieser Hund ist ein Herumtreiber«, sagte ich. »Ein Hund ohne soziales Verantwortungsgefühl, der irgendwo weggelaufen ist.«

»Der ist einfach nur krank.«

»Der ist nicht krank, der ist zu faul, sich einen Unterschlupf zu suchen.« Ich schubste ihn mit der Fußspitze. »Steh auf, du Penner.« Aber er rührte sich nicht und klappte auch die Augen nicht auf.

»Oh mein Gott«, japste Harriet, machte einen Schritt rückwärts und zog mich mit. »Fass ihn nicht an! Vielleicht hat er Tollwut!«

Das kühlte mich etwas ab. Mit einem tollwütigen Hund wollte ich nichts zu tun haben. Wir rannten ins Haus und schlossen die Tür ab. Ich war klatschnass und tropfte auf den Küchenfußboden. Während ich meine nassen Sachen auszog, ging Harriet ins Schlafzimmer und holte meinen Bademantel. Sie brachte ihn und Bourbon und Eis, und wir setzten uns an den Tisch und besprachen das Problem.

»Da draußen können wir ihn nicht lassen«, sagte sie. »Da holt er sich den Tod.«

»Der Tod holt uns alle«, sagte ich und leerte mein zweites Glas.

Sie verlor die Geduld.

»Tu was. Ruf jemanden an. Krieg raus, was man mit einem tollwütigen Hund anstellt.«

Die Uhr am Backofen stand auf halb zehn, als ich Lamson, den Tierarzt in Malibu, anrief. Lamson, Hundedoktor für die Stars, dreckig und korrupt, war wie die Zecke, die ich dem Hund vom Ohr geklaubt hatte. Seit Jahren trank er mein Blut, ich war sein hilfloses Opfer, weil er die einzige Tierklinik nördlich von Malibu besaß.

Seine Haushälterin kam ans Telefon. Dr. Lamson und seine Frau waren nicht zu Hause. Sie waren auf ihrer Jacht in Catalina. Ich legte auf. Auf meinen Lippen formte sich ein kleines Bittgebet an San Gennaro, den Schutzpatron Neapels. Ich flehte ihn an, er möge die Lamsons und ihre Jacht auf den Grund des Meeres versenken.

Danach rief ich im Büro des Sheriffs an. Ich wusste genau, was der Wachtmeister vom Dienst sagen würde, und er sagte es: Rufen Sie das städtische Tierheim an. Ein Gefühl der Hoffnungslosigkeit überkam mich, als ich die Nummer des Tierheims wählte. Ich wusste, dass ein Tonband laufen würde, und so war es auch. Sie hatten geschlossen bis um neun Uhr am nächsten Morgen.

Der trommelnde Regen wurde zu einem Flüstern und hörte schließlich auf. Harriet sah aus dem Fenster auf den Hund.

»Ich glaube, er ist tot.«

Ich genoss die Ruhe nach dem Regen und nahm einen Schluck von meinem nächsten Drink. Aus dem Nordflügel meines wie ein Ypsilon geformten Hauses drang der Krach einer Stereoanlage aus Dominics Zimmer. Die hirnlosen Rhythmen der Mothers of Invention. Ich hatte die unglaubliche Primitivität dieses Klangs hassen gelernt, und ich erhob meine Augen zu San Gennaro, und ich sagte zu ihm, wie lange, oh Gennaro, muss ich noch leiden? Es fing an mit Elvis und Fats Domino, yeah, auch Ike und Tina Turner, dann kam die Ewigkeit der Beatles und der Greatful Dead, die Monkees, Simon and Garfunkel, die Doors, die Rotary Connection, alle, alle haben mein Haus von innen heraus verseucht, diese ganze gottverdammte Barbarei hat Jahr für Jahr mein Heim überflutet, und jetzt war dieser Schwachsinnsbengel vierundzwanzig und ging mir immer noch auf die Nerven. Weißt du noch, oh Gennaro, wie er meinen Thunderbird zu Schrott gefahren hat? Und hast du vergessen, oh Herr, was er meinem Avanti angetan hat? Lasset uns ebenfalls nicht vergessen, dass er einmal wegen Drogen festgenommen worden ist und mich das fünfzehnhundert Dollar gekostet hat, und sie haben ihn *trotzdem* verurteilt. Nicht zu vergessen, oh Herr, dass er immer wieder Unzüchtiges treibt mit schwarzen Frauen, was für seine Mutter eine äußerst harte Prüfung ist, und immer wieder überkommt mich der unangenehme Verdacht, dass er ein weichliches Muttersöhnchen ist. Verdamme ihn, oh gesegneter Heiliger. Und wenn das Schicksal will, dass ein tollwütiger Hund einen aus dieser Familie beiße, soll es Dom sein! Harriet zuckte vor Schreck zusammen, als meine Faust auf den Tisch krachte.

»Was ist denn mit dir los?«

»Dein Sohn Dominic!« Ich erdolchte sie mit dem Finger. »Der wird rausgehen und sich um den Hund kümmern!«

Ich machte mir noch einen Drink, marschierte dann durch die Eingangshalle zu Dominics Zimmertür und schlug mit der Faust dagegen. Die Stereoanlage gab Ruhe.

»Wer ist da?«

»Dein Vater, Henry M. Molise.«

Er schloss die Tür auf und stand in Unterhosen vor mir, ein massiger junger Mann mit breiten Schultern und Schenkeln.

»Hey, Paps. Was ist los?«

Ich betrat sein Zimmer.

»Wo warst du die letzten zwei Wochen?«

»Unterwegs.«

Er war frisch rasiert und roch nach Limonen, sein Haar war sorgfältig gekämmt und ging ihm bis über die Ohren. Ich saß auf dem Bett, während er in ein Paar bunt gestreifte Hosen stieg. Er war ein extrem unberechenbarer Kerl und hatte für einen kleinen Ausflug zur Marine das College geschmissen. Jetzt war er Schlosser, verdiente zehntausend im Jahr, nicht genug für seine Bedürfnisse, obwohl er alles nur für sich ausgab und von Zeit zu Zeit seine Eltern anpumpte. Der einzige Hinweis auf seine großen Ausgaben war der gelegentliche Poker-Chip aus dem Gardema Spielsalon, den Harriet aus seinen Taschen fischte, wenn sie seine Wäsche wusch. Auf dem Nachttisch fielen mir zwei dieser Chips, Münzen und ein Autoschlüssel ins Auge. Außerdem lag da noch eine Packung Kondome.

»Kannst du nicht etwas umsichtiger sein?«, fragte ich und deutete auf die Kondome. »Deine Mutter und deine Schwester leben schließlich auch hier.«

Er lächelte. »Ich kann dir eine ganze Flasche voller Antibabypillen im Zimmer deiner Tochter zeigen.«

An der Wand über dem Bücherregal hing ein neues Plakat. Es war über der Lampe kaum zu erkennen. Ich kippte den Lampenschirm und überflutete das Bild mit Licht. Es war die Vergrößerung einer nackten schwarzen Schönheit mit blonder Perücke. Sie saß mit weit gespreizten Beinen auf einem Barhocker.

»Wo hast du denn das her?«

»Gefällt es dir?«

»So was lässt mich völlig kalt. Hat deine Mutter das schon gesehen?«

»Ich habe es gerade erst aufgehängt.«

»Was wünscht du deiner Mutter – einen Herzinfarkt?«

»Das ist ganz einfach gesunde Pornografie. Unterm Bett ist noch mehr davon, und sie kennt alle Bilder. Bedien' dich, wann immer du willst.«

Ich hatte das Material schon getestet. »Nein danke. Ich lese gerade Camus.«

»Camus? Hervorragend.«
Ich taxierte ihn einen Augenblick lang.
»Was hast du eigentlich verdammt noch mal gegen weiße Frauen?«
Er drehte sich um und lächelte, während er sich das Hemd zuknöpfte.
»Manche Leute mögen weißes Fleisch, und manche Leute mögen schwarzes. Was ist der Unterschied?«
»Hast du denn gar keinen Rassenstolz?«
»Rassenstolz? Was für ein irrer Ausdruck, Paps. Ich könnte wetten, den hast du dir selbst ausgedacht. Ist ja der Wahnsinn. Kein Wunder, dass du so ein großartiger Schriftsteller bist.« Er ging zum Schreibtisch, nahm einen Bleistift und schrieb auf einen Umschlag »Rassenstolz«.
»Das muss ich mir aufschreiben, damit ich es nicht vergesse.«
Was für ein Widerling. Mit dem war kein Gespräch möglich. Immer wieder schob er mir den Schwarzen Peter zu. Jedes Mal. Ich hätte darauf hinweisen können, dass auf seinen Knochen nur deshalb Fleisch war, weil ich mich zu meinen miserablen Drehbüchern zwang, und dass die Zahnarztrechnung für sein makelloses Gebiss die schwindelerregende Höhe von drei Riesen ausmachte, ganz zu schweigen von den Tausendern, die er mich gekostet hatte, in Form von zu Schrott gefahrenen Autos, Motorrädern, Surfbrettern und hohen Versicherungen. Aber er würde sich darauf stürzen und alles Selbstmitleid nennen, was es natürlich war. Das Leben war so ungerecht. Je größer die Söhne wurden, desto kleiner wurde man selbst und konnte sie nicht einmal mehr verhauen. Das letzte Mal, dass ich diesem Jungen eine geknallt hatte, war vor drei Jahren gewesen, als ich ihn sturzbetrunken in einem parkenden Auto gefunden hatte. Er brach daraufhin in hysterisches Gelächter aus.

Ich lenkte das Gespräch auf den merkwürdigen Hund im Innenhof, und seine Augen blitzten interessiert auf, denn er liebte

Hunde und hatte früher einen preisgekrönten Beagle besessen. Wir gingen zu Harriet in die Küche und traten dann gemeinsam auf den Hof hinterm Haus.

Der Sturm hatte sich gelegt, und der frisch gewaschene tiefblaue Himmel war übersät mit Sternen. Der Hund hatte sich nicht von der Stelle bewegt. Wir umringten ihn und lauschten dem leisen, tiefen Rhythmus seiner Atemzüge. Dominic hatte für Harriets Warnung vor Tollwut nur ein Schulterzucken übrig, hockte sich hin und streichelte den großen, schwermütigen Kopf. Noch nie hatte ich einen so traurigen, hoffnungslosen Hund gesehen.

»Er ist völlig erschöpft«, sagte Dominic. »Hört nur, wie er schnarcht.«

»Er sieht aus, als hätte ihm jemand das Herz gebrochen«, meinte Harriet. »Vielleicht ist er misshandelt worden.«

»Niemand misshandelt so ein Ungetüm«, antwortete Dominic. Er rieb und streichelte das dichte schwarzbraune Fell, das so dick war, dass der Regen abglitt und die Haare schon wieder glänzten und trocken waren. Der melancholische Kopf wirkte müde und interesselos.

»Dieser Hund ist sehr krank«, beschloss ich.

»So krank solltest du mal sein«, meinte Dominic. »Schaut mal, was los ist.«

Das Monstrum bekam einen Ständer. Aus seiner Fellumhüllung kam der Penis hervor und wurde in der Nachtluft so groß wie eine der Riesenmohrrüben aus Saunas Valley; sein Schlitzauge erkundete die Gegend. Wie in einer Antwort darauf hob der Hund langsam den Kopf und schenkte dem Neuankömmling einen Blick. Er schien sich zu freuen und bog seinen dicken Hals, um den Gast mit ein paar herzhaften Schmatzern zu begrüßen. Die beiden waren offensichtlich die besten Freunde.

»Widerlich«, fand Harriet.

Als sich der Kopf nach vorn beugte, gab es ein metallisches Klicken. Dominics Finger suchten das Fell ab und stießen auf ein Kettenhalsband und eine Hundemarke.

»Gut«, sagte ich. »So erfahren wir, wer der Besitzer ist.«

Weil es zu dunkel war, als dass man die Hundemarke hätte entziffern können, nahm Dominic dem Hund die Kette ab. Er hielt das Metallschild ins Licht, las es kommentarlos und gab es Harriet und mir. Auf der Plakette war etwas eingraviert.

Da stand: »Das wird dir noch leidtun!«

»Stan Jackson«, sagte ich.

Jackson war ein Autor, der an der Küste wohnte und sich Witze für die Nachmittagssendungen im Fernsehen ausdachte – und für seine Freunde. Dieses Schild war genau sein Stil. Es musste also auch sein Hund sein. Harriet antwortete, dass die Jacksons im Ausland waren.

»Außerdem glaube ich, dass ›Das wird dir noch leidtun‹ sein richtiger Name ist.« Sie beugte sich zu dem Tier hinunter und probierte. »Na du, das wird dir noch leidtun, wie geht's?«

Der Hund war so beschäftigt mit seinem Pimmel, dass er ihr überhaupt keine Beachtung schenkte. Dominic band ihm das Halsband wieder um und machte einen guten Vorschlag: Kein Theater um den Hund machen, ihn in Ruhe lassen und gehen lassen, wann es ihm gefiel.

Der Hund kam schwerfällig auf die Füße, verstaute seinen Freund und gähnte. Aufrecht stehend wirkte er noch größer mit seinem buschigen Schwanz, der sich über den Rücken bog, und mit Fellpfoten, die so groß waren wie Männerfäuste. Ich schätzte sein Gewicht auf etwa hundertzwanzig Pfund.

Harriet hielt ihn für einen Eskimohund.

»Ein Malamut«, stimmte Dominic zu.

Ich fand ihn einfach wunderbar, ein schwermütiges, kummervolles Tier mit schrägen Augen und dem Gesicht eines Bären.

Mehr als alles andere sah er nach einem riesigen Chow aus. Wir sahen überrascht zu, als er auf die Verandastufen zuging und in aller Ruhe ins Haus wanderte.

»Ich will ihn nicht drin haben«, sagte Harriet. Ich drehte mich zu Dominic um.

»Schaff ihn raus.«

Wir folgten Dominic ins Haus. Der Hund war nicht in der Küche. Harriet fand ihn im Wohnzimmer. Er lag auf dem Sofa, das Maul auf einem Kissen.

»Er sabbert auf meine Petit-Point-Stickerei«, sagte Harriet. »Jag ihn da runter.«

Dominic griff eine Handvoll loses Fell im Nacken des Hundes und zog. »Runter, Junge.« Ein Knurren ertönte, tief, unergründlich, furchterregend. Es kam aus dem Fußboden, aus der Erde unter dem Haus. Dominic ließ los und machte einen Schritt rückwärts. Der Hund stöhnte müde und schloss die Augen.

»Lass ihn in Ruhe«, meinte ich. »Er tut niemandem weh. Mach die Haustür auf, und wenn er gehen will, macht er es von selbst.«

»Ich weiß was!«, strahlte Harriet.

Sie verschwand in der Küche und kam mit einem Berg von Hamburgern auf einem Pappteller zurück. »Wenn er aufsteht und mir folgt, macht die Tür auf«, sagte sie. Die Hamburger auf Armeslänge von sich weggehalten, lockte sie den Hund: »Komm, mein Hundchen, schau mal, was ich hier für dich habe, schönes frisches Fleisch.« Sie schob ihm den Teller unter die Nase.

Der Hund schlug die Augen auf und schenkte ihr einen kühlen, geringschätzigen Blick. Harriet tobte.

»Du verschwindest jetzt aus meinem Haus!«, befahl sie, stampfte mit dem Fuß auf und deutete auf die Tür. »Raus mit dir!«

Der Hund nahm kaum Notiz von ihr, reckte sich und rollte sich auf die andere Seite, den Rücken genüsslich gegen die Kissen gedrückt. Und wieder bekam er einen Ständer, die Mohrrübe erschien auf der Bildfläche und betrachtete die Szene. Der Hund hob den Kopf und begrüßte seinen Freund erst mit einem warmen Blick und dann mit seiner nassen Zunge.

»Er ist widerlich«, fand Harriet.

Ich weiß nicht, warum ich es gesagt habe, aber ich sagte es jedenfalls, ein Einfall, ein Bruchstück eines Witzes, unvorbereitet und aus den Tiefen meines Gehirns, ohne böse Absicht.

»Ich wollte, ich könnte das«, sagte ich.

»Du machst mich krank«, sagte Harriet.

Sie schleuderte die Hamburger in den Kamin und stürmte aus dem Zimmer und den Flur hinunter. Wir hörten, wie die Schlafzimmertür zugeworfen wurde. Ich zuckte die Achseln und schaute Dominic an.

»Was hat sie denn? Das war doch nur ein Spaß, weiter nichts.«

»Ein freudscher Versprecher«, sagte Dominic.

Das ging mir über die Hutschnur. »Was soll das heißen? Du hast die Unverschämtheit, mir so was zu sagen? Was weißt du von Freud? Vielleicht solltest du ihn mal fragen, warum du mit schwarzen Weibern vögelst? Vielleicht hast du so eine Art Rassenkrankheit!«

Bevor ich meinen Satz ausgesprochen hatte, war er mit weißem Gesicht und voller Wut aus dem Zimmer gestürzt. Raus zur Hintertür, hinein in die Garage, ins Auto, ließ den Motor an, fuhr rückwärts raus, und das Scheinwerferlicht traf mich, als ich auf ihn zulief, um ihn aufzuhalten.

»Warte mal, Junge.« Das Auto hielt, und ich kam zur Fahrertür. »Es tut mir leid«, sagte ich. »Den letzten Witz habe ich nicht so gemeint. Vergiss, was ich gesagt habe.«

Er war verletzt und niedergedrückt.

»In Ordnung, Paps.«

»Ich habe einen harten Tag hinter mir. Ich bin müde.«

»Ist in Ordnung.«

»Fahr nur los. Genieß dein Leben, solange du kannst, solange du noch nicht verheiratet bist. Das geht mich überhaupt nichts an. Ich seh dich später.«

»Okay.«

Er ließ den alten Packard rückwärts rollen, wendete und summte die Straße hinunter auf die Küstenstraße zu. Der Motor schnurrte in der regennassen Nacht wie eine Katze. Ein wunderbares Auto, und ich überlegte mir sogar, ihn für eine Woche gegen meinen Porsche zu tauschen.

3 Als ich ins Wohnzimmer zurückkam, lag der Hund immer noch auf dem Sofa. Er winselte in einem Albtraum, seine Beine zuckten ruckartig, während er winselte. Entweder jagte er in seinem Traum hinter etwas her oder er wurde verfolgt. Seine Pfoten wurden schneller und schneller. Er tat mir leid, weil ich auch oft solche Verfolgungsträume hatte, in denen ich von meiner Frau gejagt wurde oder meinem Agenten oder den Brüdern Klug, den letzten Produzenten, die mir noch Aufträge gaben. Plötzlich wachte er auf und hob den Kopf; froh, dass alles nur ein Traum war, setzte er sich aufrecht und schnaufte zufrieden.

Ich fragte ihn: »Wie heißt du, mein Junge?«

Sein Blick forderte mich auf, tot umzufallen.

Ich ging durch die Eingangshalle, um mit meiner Frau Frieden zu schließen. Sie saß auf dem Bett und manikürte ihre Nägel. Es tat gut zu sehen, dass sie nicht länger wütend war.

Ich sagte ihr, dass mir leidtat, was ich gesagt hatte.

»Manchmal bist du so ein Schwein.«

»Es war nur Spaß.«

»Du bist so ordinär geworden. Als wir uns kennenlernten, hättest du so etwas nicht einmal im Traum gesagt.«

»Damals war ich hinter dir her. Oh Gott, Harriet, wir sind so lange verheiratet; ich vergesse manchmal, dass du auch Gefühle hast. Die Ehe macht den Mann brutaler. Und das Vatersein. Und die Arbeitslosigkeit. Und die Hunde. Was machen wir nun mit diesem gottverdammten Hund?«

Ein Scheinwerferpaar strich über das Schlafzimmerfenster, das auf den Hof vor dem Haus hinausging. Rick Colp, der ehemalige Marineinfantrist, brachte meine Tochter Tina in seinem VW-Bus heim. Für ihre Verhältnisse kamen sie sehr früh. Ich konnte nur vermuten, dass der Sergeant hungriger war als gewöhnlich. Die beiden waren verlobt und das schon, seit Rick vor einem Jahr aus der Armee entlassen worden war. Als die Scheinwerfer ausgeschaltet wurden, sagte Harriet: »Das ist die Lösung für unser Hundeproblem. Rick Colp.«

»Der schuldet mir 'ne Menge. Mindestens zwanzig Flaschen Scotch.«

»Mach dir keine Sorgen. Er wird schon wissen, was man mit diesem schrecklichen Hund machen muss.«

»Ich will nicht, dass dem Hund die Eingeweide rausgerissen werden. Ich will ihn nur aus dem Haus haben.«

»Lass Rick nur machen.«

Sie mochte Colp. Ihr gefielen sein breites Grinsen, seine blonden Surferhaare, die ihm beinahe bis auf die Schultern reichten, seine braun gebrannte Schönheit. Was mich anging, ich war mir nicht so sicher. Er bumste meine Tochter und fraß mir die letzten Haare vom Kopf. In dem Jahr seit seiner Entlassung hatte der Sergeant jeden Tag am Strand verbracht und sein Leben dem Surfen gewidmet. Jeden Abend um acht Uhr kam er ins Haus, holte meine Tochter ab, und schon fuhren beide in seinem Bus auf und davon ins Kino oder zu Partys von Santa Barbara bis nach Laguna. Nach Hause brachte er sie zu nachtschlafender Zeit und manchmal erst bei Tageslicht.

Egal, wie viel Uhr es war, Tina schob ihn leise in die Küche, schloss die Türen und machte ihm eine große Platte mit Schinken, Rührei und Toast zurecht. Während sie das Essen vorbereitete und den Tisch deckte, trank Colp meinen Scotch on the rocks aus einem Wasserglas.

Weil ich es genau wissen wollte, bin ich eines Morgens um zwei Uhr in die Küche gestolpert und fand ihn, ohne Schuhe, Füße auf dem Tisch und meinen Scotch neben sich. Das machte mich nachdenklich und praktisch, und ich ging an meinen Schreibtisch, holte Stift und Papier und rechnete aus, dass Rick Colp in einem Jahr über tausend Eier und hundertfünfzig Pfund Schinken aus meinem Kühlschrank weggegessen hatte. Und ich war seit sieben Monaten ohne Aufträge.

Mit dem Scotch war es eine andere Geschichte. Ich löste das Problem, indem ich im billigsten Großmarkt Bonnie Lassie Scotch für sieben Dollar die Zweiliterflasche kaufte und ihn in leere Cutty Sark Flaschen umfüllte. Bonnie Lassie schmeckte wie Chlor, aber der Sergeant mit seinem Marine-Korps-Magen schmeckte keinen Unterschied. Das gute Zeug versteckte ich im Besenschrank.

Es war nicht meine Art, den Sergeanten des Schmarotzertums zu beschuldigen. Dazu war er zu groß. Aber durch Tina erreichte ihn die Botschaft, und eines Abends, als er Bonnie Lassie trank und darauf wartete, dass Tina mit ihrer Toilette fertig wurde, bot er eine Erklärung für seinen lockeren Lebensstil an.

»Das ist eine Phase der Anpassung«, sagte er. »Ich meine, es ist nicht einfach, wieder Zivilist zu werden. Ich darf nichts übereilen, sonst treffe ich falsche Entscheidungen.«

Ich wusste, was er meinte. Schließlich hatte auch ich Schwierigkeiten, mich dem bürgerlichen Leben anzupassen. Seit fünfundfünfzig Jahren kämpfte ich damit, und es war mir immer noch nicht gelungen. Ich beneidete ihn und wünschte mir, ich könnte auch mal ein Jahr in einem VW-Bus die Küste entlang gondeln mit drei Surfbrettern, Taucherausrüstung, Schlafsack und einer Mieze wie Tina.

4 »Das ist ein Akita«, sagte Colp, nachdem er den auf dem Sofa ausgestreckten Hund betrachtet hatte. »Ein japanischer Hund. Die Art habe ich in Tokio gesehen. Mit so einem Hund ist nicht zu spaßen.«

»Kein Wunder, dass er nicht gehorcht«, sagte Tina. »Wahrscheinlich versteht er kein Englisch.«

»Ich könnte Mrs. Hagorom drüben in Wadsworth anrufen«, schlug Harriet vor. »Sie ist eine sehr freundliche Frau, und ich bin sicher, sie würde gerne mit dem Hund reden.«

»Oh verdammt, Harriet«, sagte ich. »Wir wollen keine Unterhaltung mit diesem Vieh. Wir wollen nur, dass es verschwindet. Vielleicht versteht der Hund kein Englisch, aber die Sprache der Stärke versteht er bestimmt. Das ist eine Tonart, die jeder Hund kapiert. Stimmt's, Sergeant?«

»Stimmt.«

»Können Sie das übernehmen?«

Er grinste erfahren. »Bringt mir einen alten Mantel, einen Regenmantel oder so was.«

Harriet holte einen Plastikregenmantel aus dem Schrank im Flur und Rick wickelte ihn um seinen gewaltigen Unterarm, ein dickes Schutzschild, das er testete und zufriedenstellend fand.

»Ich habe das mal in Vietnam gesehen«, erklärte er.

»Wenn der Hund angreift, ramme ich ihm den Arm zwischen die Kiefer, dann kann er nichts machen. Damit habe ich ihn in der Zange und zerre ihn raus. Einer macht die Haustür auf. Die anderen treten bitte einen Schritt zurück.«

»Nein, Rick, bitte nicht«, jammerte Tina. »Wenn er dich nun verletzt! Ich mag diesen Hund nicht!«

Ihr Protest entfachte das Feuer seiner Männlichkeit nur noch mehr, und er gab ihr einen köstlichen kleinen Kuss auf die Nasenspitze und drängte sie, mit uns übrigen Hasenfüßen aus dem Weg zu gehen. Sie sah ihre Chance für eine kleine Szene gekommen und fing an zu weinen. Wie immer flossen ihre Tränen leicht. Er umarmte sie und besänftigte ihre Todesängste, und während dieses Schauspiels fragte ich Harriet, ob unsere Unfallversicherung bezahlt sei. Sie runzelte die Stirn und sagte ja. Inzwischen schöpfte der Hund Verdacht und betrachtete uns gründlich, einen nach dem anderen, während ihm seine lange Zunge aus dem Maul hing und er sabberte.

Mit einer wunderbaren Darstellung weiblichen Fatalismus' umarmte Tina ihren Helden und ließ ihn in den Kampf ziehen. Colp ging auf den Hund zu.

»He, du Schlitzauge, du und ich, wir haben was miteinander auszufechten.«

Er streckte seinen gepanzerten Arm dem Hund vors Maul. Mit einem erstaunten Blick zog der sich tiefer in die Kissen zurück. In seinem Ausdruck war nichts Wütendes. Tatsächlich sah er fast erfreut aus, so, als wolle er spielen. Wir waren überraschter als Colp, der die breite, weiche Stelle zwischen den Hundeohren zu streicheln begann. Der Hund leckte Rick die Hand, und sein Bärengesicht kräuselte sich zu einem Lächeln.

»Jetzt schau dir das an, der mag dich!«, meinte Harriet.

»Oh Rick«, Tina atmete schwer.

»Alles, was er wollte, war ein bisschen Zärtlichkeit.« Colp setzte sich aufs Sofa, und der Hund kuschelte seine Nase in Ricks Schoß. Mit geschlossenen Augen versank der Hund in verzückte Zufriedenheit.

»Ist das nicht süß?«, fand Tina.

»Der arme Kerl, so mutterseelenallein«, sagte Harriet.

Dann sahen wir die Mohrrübe. Wir sahen sie alle gleichzeitig. Sie leuchtete wie eine Lötlampe. Auch Colp sah sie.

Er wollte aufstehen. Der Hund wollte das nicht, und da knurrte es tief, Zähne blitzten auf und wurden gefletscht, und der Hund war plötzlich über ihm, drückte ihn mit dem Rücken in die Kissen, das aufgerissene Maul mit den gewalttätigen Zähnen an der Kehle des jungen Mannes drohte, warnte ihn, stillliegen zu bleiben, sich friedlich zu ergeben, während sich die Mohrrübe in seine Jeans rammte, rauf, runter, rauf, runter! Rick lag bewegungslos, direkt über seinem Gesicht dampfte das riesige Maul.

Tina kreischte, und Harriet hielt sich die Hand vor die Augen und schluchzte »Oh mein Gott!« Ich schaute mir die Sache voller Faszination an. Es dauerte etwa fünf Sekunden; als die Mohrrübe gegen den rauen Stoff der Jeans stieß, wurde sie abgekühlt und zog sich schnell in ihre Hülle zurück. Enttäuscht stieg der Hund herunter und wanderte in die Küche.

Rick strich seine goldenen Locken zurück und steckte sich das Hemd wieder in die Hose.

»Was Sie da haben, mein Herr, ist eine schwule Töle.«

»Der gehört erschossen«, echote Tina.

Ich war nicht ihrer Meinung. »Hunde sind sehr demokratisch. Die bumsen alles. Einmal habe ich gesehen, wie ein Hund einen Baum gevögelt hat.«

»Das sehe ich ganz anders, Sir«, sagte Rick. »Dieser Hund ist ein warmer Bruder. Darauf würde ich Geld wetten.«

»Sie meinen, weil er versucht hat, Sie zu bumsen, ist er schwul?«

»Stimmt genau.«

»Und wenn er dasselbe mit Harriet versuchen würde?«

Ich sah den Schwinger nicht kommen, den Harriet mir auf den Mund verpasste. Sie stürzte wütend durch die Halle ins Schlafzimmer und knallte die Tür zu.

»Paps, du bist schrecklich«, sagte Tina.

Ich berührte meine Lippe mit einem Knöchel meiner Hand und sah einen roten Fleck. Colp sah elend aus, mit hängender Unterlippe, seine blauen Augen starrten düster auf den Teppich.

»Wie wäre es mit einem Drink?«, fragte ich.

»Nein danke.«

»Schinken und Eier?«, fragte Tina.

»Jetzt nicht.«

Er ging zur Tür, und Tina legte ihren Arm um ihn. An der Tür blieb er stehen. »Haben Sie etwas dagegen, wenn ich einen Vorschlag mache?«

»Nein, überhaupt nicht.«

»Erschießen Sie den Schweinehund.«

»Die Idee hat was für sich.«

Arm in Arm spazierten sie hinaus zu seinem Bus. Ich ging in die Küche und fand den Hund ausgestreckt vor dem Herd liegend. Um an den Besenschrank zu kommen, musste ich über ihn steigen. Ich holte den Scotch heraus, stieg wieder über ihn und goss mir ein Glas ein. Die Haustür explodierte, und Tina stürzte in die Küche. Ihre Augen erdolchten mich.

»Ich hasse dich, Paps. Ich hasse deinen gottverdammten Hund. Du machst nichts als Ärger. Arme Mutter. Ich hoffe, sie verlässt dich!«

»Was ist denn mit dir los?«

»Diese widerlichen Sachen, die du sagst. Deine dreckige Fantasie. Du hast vor nichts Respekt. Du bist schlimmer als dieser Hund, und ich lasse nicht zu, dass du Rick aus der Fassung bringst, hast du verstanden? Hör auf damit! Schluss jetzt!«

Sie rannte kreischend in ihr Zimmer, und das Haus bebte, als sie ihre Tür ins Schloss warf. Die Erschütterung öffnete die Hundeaugen. Er blinzelte ein paar Mal und schlief wieder ein.

Es fing wieder an zu regnen, der Regen schnurrte auf dem schrägen Dach, und das freute mich, weil Regen hier draußen bares Geld bedeutete, Pennies, die vom Himmel fielen, mein Grundstück wässerten und die Feuergefahr verkleinerten. Der Hund hörte den Regen und spitzte die Ohren. Er kam auf die Füße und schlenderte zur Hintertür. Von dort aus schaute er mich voller Kummer an. Er wollte raus. Ich öffnete die Tür. Er ging hinaus auf die Veranda, schnupperte die Nässe und wanderte auf den Rasen zu der Stelle, wo wir ihn gefunden hatten. Der Regen badete ihn.

Ich ging zurück zu Harriet. Sie saß im Nachthemd auf dem Bett und las. Wieder war ihre Wut verflogen, und sie lächelte. Als ich ihr erzählte, dass der Hund aus dem Haus war, schlüpfte sie schnell aus dem Bett, um selbst nachzuschauen. Wir gingen zusammen durch die Eingangshalle. Ich dachte, Tina würde es auch gern wissen wollen und klopfte an ihre Tür.

»Der Hund ist weg.«

»Lass mich in Ruhe, ich rede nicht mehr mit dir«, sagte sie durch die geschlossene Tür.

Harriet und ich standen auf der Veranda hinter dem Haus und sahen, wie der Regen auf den schlafenden Hund herunterprasselte.

»Er ist verhext«, flüsterte sie.

Ein einäugiger 1960er Buick rollte klappernd in die Einfahrt. Er gehörte Dennis, meinem Zweitältesten, dem Schauspieler. Der

steuerte den Schrotthaufen in die Garage und rannte durch den Regen, eine Mappe unterm Arm.
»Ich habe mit dir zu reden, Mutter«, fuhr er sie an. Mich würdigte er keines Blickes.
»Denny, schau mal«, Harriet deutete auf den Hund.
»Was ist los?«
»Er schläft.«
»Schlafende Hunde soll man nicht wecken.« Er schob sich an uns vorbei ins Haus.
»Komm rein, Mutter.«

Er war ein dünnes, lebhaftes Schlitzohr mit den hellen Haaren seiner Mutter, immer in Eile, mit seinen zweiundzwanzig voller Ungeduld mit seinem Leben. Er studierte Theaterwissenschaften am City College, war aber ohne Begeisterung für akademische Disziplin. Er wollte nach New York abhauen und dort sein Glück am Theater versuchen, hatte sich aber vor zwei Jahren zur Reserve verpflichtet, um der Wehrpflicht zu entgehen. Nun hatte er noch vier Jahre Reserve vor sich, bevor er sich nach Manhattan davonmachen konnte. Er hatte bei der Armee seine Versetzung nach New York beantragt, war aber abgelehnt worden, weil es dort keinen Truppenverband gab, der mit seiner speziellen Einheit in Fort MacArthur vergleichbar war. Er war auf Festen, in Vergnügungsparks und auf Bezirksveranstaltungen aufgetreten. Neben der Uni fuhr er Taxi in Los Angeles und gab einen großen Teil seines Verdienstes für zweifelhafte Ärzte und Rechtsanwälte aus, die ihn aus dem Militärdienst herauswinden sollten. Trotz einem Dutzend Röntgenaufnahmen, Blutuntersuchungen und Rückenmarkspunktionen konnten noch nicht einmal diese korrupten Ärzte ein Problem finden, und sein makelloser Körper machte ihn launisch und wütend und zum Gefangenen der Armee.

»Ich warte auf dich, Mutter«, sagte er in der Küche.

Wir gingen hinein. Er saß am Küchentisch und zog Papiere aus seiner Tasche. Ohne mich anzuschauen, sagte er: »Lass uns allein, Paps. Mutter und ich haben etwas Privates miteinander zu besprechen.«

»Leck mich am Arsch«, sagte ich und verschränkte die Arme.

Er ignorierte mich und reichte Harriet ein Bündel maschinenbeschriebener Blätter.

»Du hast mich im Stich gelassen, Mutter. Du hast mich schwer enttäuscht.«

Harriet ahnte das Unheil und schlug die Hände vor das Gesicht. »Oh nein«, seufzte sie. »Oh Gott.«

»Schau dir die Seiten an, Mutter.«

Zitternd studierte sie die roten Anmerkungen, die den Rand der Blätter zierten. Es war die Hausarbeit für seine Abschlussprüfung, eine Untersuchung der Theaterstücke von Bernard Shaw. Sie war mit C Minus benotet und er brauchte ein B, um die Prüfung zu bestehen.

»Das ist nicht fair«, jammerte Harriet. »Ich war mir so sicher, ich bekomme ein A! Das ist eine der besten Arbeiten, die ich je geschrieben habe!«

Er setzte ein böses Lächeln auf und lehnte sich im Stuhl zurück. »Du hast dir keine Mühe gegeben. Du hast das einfach hingeschmiert.«

»Das stimmt nicht. Ich habe so schwer daran gearbeitet.« Sie war den Tränen nahe. »Ich habe alle Theaterstücke gelesen, alle Prologe. Es war harte Arbeit.« Ihre Hände flatterten nervös zu mir. »Gib mir was zu trinken.«

Ich machte ihr einen Scotch mit Eis. »Oh Gott«, sagte sie, stürzte ihn runter und überflog die Seiten. »Es ist so ungerecht. Was erwarten die von mir?«

Die Geschichte mit dem Schreiben von Dennys Arbeiten war dünnes Eis. Das ging schon eine ganze Weile so, seit der sechsten Klasse, und hatte ihm falschen Ruhm im englischen Aufsatz verschafft. Eigentlich war es Harriets Fehler, weil er inzwischen diese Arbeit als ihre Verantwortlichkeit betrachtete.

Gegen das Abwaschbecken gelehnt, goss ich Scotch in mich hinein und hörte mit geballten Fäusten zu, wie er sie beschimpfte. Ich wollte nicht die Fassung verlieren. Ihrem Aufsatz fehle die richtige Gliederung, und sie hätte vergessen, die entsprechenden Fußnoten hinzuzufügen. Sie hätte über Pygmalion nur Mist geschrieben und Mensch und Übermensch noch nicht einmal erwähnt.

Harriet rang die Hände.

»Aber es ist eine gute Arbeit! Sie hat ein paar Fehler, aber auch die sind Ansichtssache. Und so ein Aufsatz braucht keine Fußnoten.«

Er war ein schlauer Mistkerl. Nun, nachdem er sie eingeschüchtert hatte, änderte er seinen Stil.

»Kein Grund, die Hoffnung aufzugeben. Du bekommst eine zweite Chance.«

Sie zuckte zusammen.

»Eine zweite Chance?«, stammelte sie.

»Ich hatte ein Gespräch mit Mr. Roper. Er weiß, wie wichtig dieses Fach für mich ist, und er ist einverstanden, dass ich die Arbeit noch einmal schreibe.«

»Wie wunderbar«, klagte sie.

»Schaffst du es dieses Mal, Mutter?«

Sie schaute mich an. »Scheiß auf ihn«, sagte ich. Er lächelte dünn und sah sie an.

»Ich versuche es, Denny. Ich werde mir alle Mühe geben.«

Erschöpft und voller Sorgen trank sie ihr Glas leer.

»Dürfte ich etwas sagen?«, fragte ich.

»Darfst du nicht!«, sagte Denny. »Du hältst dein großes Hollywood-Maul hier raus.«

Ich blieb ruhig.

»Hör mal, du Zwerg. Komm mit mir vor die Tür und wir regeln das von Mann zu Mann!«

»Oh halt den Mund! Ich will keinem alten sabbernden Tattergreis eine runterhauen.«

Ich stellte mein Glas ab.

»Gehen wir, Buster.«

Ich ging ins Wohnzimmer und zur Vordertür hinaus und stand auf der Veranda. Mein Plan war, ihm eine aufs Maul zu hauen, sowie er aus dem Haus kam. Ich wusste, dass er stärker war als ich, und wollte nichts weiter als den ersten Schlag. Er würde nicht zurückschlagen. Wir hatten diese Art Konfrontation schon oft gehabt, und sie führten immer zu nichts weiter als viel Rauch und keinem Feuer. Fünf Minuten wartete ich. Schließlich ging die Tür auf. Es war Harriet.

»Sag dieser unverschämten Rotznase, dass ich warte.«

»Er ist ins Bett gegangen.«

»Das passt. Auch noch feige.«

»Schließ die Türen ab und lass ein Licht brennen für Jamie«, sagte sie. »Ich gehe ins Bett.«

Bevor ich ihr ins Bett folgte, inspizierte ich noch ein letztes Mal den Hund. Im Nieselregen sah er aus wie tot. Sein Fell war mit zartem Dunst überzogen und sein Maul fest ins Gras gedrückt. Es gab kein Zeichen, dass er auch nur atmete, aber meine Hand auf seinem Brustkorb fühlte den Schlag seines Herzens.

5 Ich wachte auf zu meinem ersten Gedanken – dem Hund – und stolperte aus dem Bett. Ich spritzte mir Wasser ins Gesicht und schaute aus dem Südfenster. Der Tag war herzzerreißend. Der Sturm hatte die Welt frisch gewaschen und getrocknet. Das Meer war ein riesiger Heidelbeerkuchen, und der Himmel strahlte wie der Umhang der Jungfrau Maria. Ein Duft von Fichten und Salzluft lag über allem, und ich konnte in sechzig Kilometer Entfernung die Santa Barbara Inseln erkennen, die über den Horizont ritten wie eine Herde Blauwale. Es war die Art Tag, die einen Schriftsteller foltert, weil er weiß, dass diese Schönheit ihm jeden Ehrgeiz raubt und jeden Plan in seinem Hirn erstickt.

Als ich in die Küche kam, machte Harriet gerade Kaffee. Sie strahlte.

»Er ist weg!«, lächelte sie.

Ich brauchte mehr Bestätigung als das, ich musste es mit eigenen Augen sehen und ging hinaus ins Freie. Draußen war von dem Monstrum keine Spur zu entdecken. Ich ging unter den tropfenden Fichten hindurch und warf einen Blick über die Mauer. Ich schaute in der Garage nach und auf der Weide dahinter und sogar im alten, zusammengebrochenen Wohnwagen, der in lang vergangenen Zeiten einmal als Hütte für meine Bullterrier gedient hatte. Dort entdeckte ich etwas, was mich in süße Sentimentalität versinken ließ. Es war ein alter Baseballschläger, den mein großer toter Rocco in zwei Teile zerbissen hatte; er kaute so gern an Schlägern, besonders am Griff, wo er den Schweiß der Hände meiner Söhne schmecken konnte.

Das Frühstück war fertig, als ich zurück ins Haus kam. Ich trank Kaffee, steckte mir meine erste Zigarette an und spürte das zarte Zwicken einer Vorahnung an meiner Seele knabbern. Dieser verdammte Hund war noch da. Es war mir nicht bestimmt, so leicht davonzukommen. Dieser Himmelhund war überhaupt nicht verschwunden. Eine überwältigende Ahnung hob mich aus dem Stuhl. Er war hier, unter diesem Dach. Massiver Verdacht ließ mich in den Nordflügel meines wie ein Ypsilon geformten Hauses gehen. Zu dem Zimmer von Jamie.

Ich öffnete leise die Tür und spähte hinein. Sie schliefen beide, jeder lag auf der rechten Seite, und Jamies Arm war um den Hals des Hundes geschlungen. Beide schnarchten. Mir gefiel, was ich sah. Ich mochte es, wenn Jungen und Hunde im selben Bett schliefen. Nie waren sie Gott näher als in diesem Augenblick.

Ich schloss die Tür und ging zurück in die Küche.

»Jamie hat Besuch.«

»Nicht diesen schrecklichen Jungen von den Shaws?«, fragte Harriet.

»Schlimmer als das.«

Sie schaute von einem Buch mit Theaterstücken von Bernard Shaw hoch und suchte meinen Blick.

»Der kleine Castellani?«

»Der Hund.«

Es überlief sie, die Tasse zitterte in ihrer Hand, als sie daraus trank. »Darüber kann ich jetzt nicht nachdenken«, sagte sie und verschüttete Kaffee über die Buchseiten, als sie die Tasse absetzte. »Ich muss so viel lesen, all diese Stücke. Hast du jemals versucht, ein Theaterstück von Shaw zu lesen?« Sie presste sich die Hand auf die Augen. »Oh Gott, bitte! Sag kein Wort über den Hund!«

Und so begann mein Tag, pro Minute ein Gag im aufregenden, romantischen, vor Kreativität strotzenden Leben eines Schriftstellers. Zuerst die Einkaufsliste. Wrruumm! und ich röhre in meinem Porsche die Küstenstraße hinunter, zehn Kilometer bis zum Mayfair Markt. Quiitsch! ich bremse und halte auf dem Parkplatz, springe sportlich aus dem Auto, lasse meinen weißen Schal flattern und Wutsch! gehe ich durch die automatische Tür. Krach! Salat, Artischocken, Karotten! Husch! Braten, Koteletts, Schinken, Käse! Bumm! Der Kuchen, die Haferflocken, das Brot! Peng! Das Waschpulver, das Bohnerwachs, die Papierhandtücher.

Zurück zum Auto, wrruummm, wrruummm die Straße hoch, vorbei an der Gischt, die schäumt wie Waschpulver mit Enzymen, donnert der wilde, sorglose Autor, der seine Tage mit exquisiter Sinnlichkeit ausfüllt. Aber der Wind auf meinem Gesicht brachte die einzige Wirklichkeit zurück, und ich würgte an dem ständig wiederkehrenden Gedanken an Rom, an eine Tasse Cappuccino an einem kleinen Tisch auf der Piazza Navona. An meiner Seite isst ein Mädchen mit pechschwarzen Haaren Wassermelonen und spuckt lachend den Tauben die Kerne hin.

Jamie saß beim Frühstück, als ich die Einkäufe hereinschleppte. Der Hund lag ihm zu Füßen. Inzwischen war er so vertraut; er schien zum Haus zu gehören.

»Ich sehe, ihr beide seid euch begegnet.«

»Ja, der ist in Ordnung.«

»Hat er versucht, dich zu bumsen? Rick hat er gestern Abend beinahe geschafft.«

»Er hat's probiert, aber er ist ein bisschen blöd. Deswegen mag ich ihn. Die klugen Hunde habe ich satt.«

»Jamie will ihn behalten«, sagte Harriet.

»Kommt nicht infrage!«

»Warum nicht?«

»Weil ich keine Hunde mehr will und weil er jemand anderem gehört und weil ich ihn nicht hier haben will.« Ich beschloss, noch etwas deutlicher zu werden. »Um Gottes willen, denk doch mal an deinen Vater! Ich kann in diesem Irrenhaus nicht arbeiten. Ich brauche Ruhe und Frieden. Wenn du nur wüsstest, was ein Schriftsteller durchmacht.«

Er warf die Arme in die Luft.

»Okay, okay! Die Leier kenne ich schon.«

Er stieß seinen Stuhl zurück und stürmte zur Tür hinaus mit dem Ruf: »Komm, Stupid!«

Der Hund erhob sich prompt und folgte ihm nach draußen. Stupid. Der Name passte perfekt zu ihm. Ich nahm den Telefonhörer zur Hand und wählte die Nummer vom Tierheim.

Aus dem Hof klang der Schlag eines Baseballs. Das war Jamie, der den Ball durch den Korb an der Garagenwand warf und so seine Wut abreagierte. Er war der beste Junge, den ich hatte. Er rauchte kein Gras, er trank keinen Alkohol, er schlief nicht mit schwarzen Frauen und er wollte auch kein Schauspieler werden. Was kann sich ein Vater mehr wünschen? So ein Sohn hat etwas Gesundes und Erfrischendes.

Seit seiner Kindheit hatte er eine beständige Liebe zu Tieren, hatte Hühner, Enten, Karnickel und Meerschweinchen aufgezogen. Ich hatte gesehen, wie er, hingerissen von ihrer kuscheligen Wärme, Meerschweinchen auf das Schnäuzchen küsste, und einmal schlief er einen ganzen Sommer hindurch mit zwei Schlangen, die sich liebevoll auf seiner Brust zusammenrollten. Inzwischen war er neunzehn, ein Student mit Rückstellung vom Militär, ein Mathegenie mit glänzender Zukunft. Nachmittags nach der Uni hatte er einen Job im Supermarkt, sparte jeden Pfennig, den er verdiente, und wollte sein Examen in Betriebswirtschaft machen. Und das Wichtigste: Er war meine größte Hoffnung für ein glückliches Alter. Die anderen, Tina eingeschlossen, würden mich fallen lassen, so wie ich den Hund verbannte, aber meine Pension von der Schriftstellergewerkschaft und die Sozialversicherung und eine monatliche Pension von Jamie garantierten mir Gemütsruhe für meine Jahre der untergehenden Sonne. Warum sollte ich mir meine eigene Zukunft verkorksen? Soll er den doch behalten. Was würde er in zehn Jahren fühlen, wenn er seinen alten Herrn als den herzlosen Mistkerl in Erinnerung hatte, der Stupid in die örtliche Gaskammer geschickt hatte? Nein, das wollte ich nicht. Ich legte den Hörer wieder auf und ging raus, um die Geschichte mit Jamie zu besprechen.

»Du kannst ihn behalten, wenn du versprichst, dass du ihn versorgst«, sagte ich.

»Ich will ihn nicht, Paps. Du hast recht, die machen zu viel Ärger.«

»Was fangen wir mit ihm an?«

»Wir gehen mit ihm an den Strand«, sagte Jamie. »Er wird allein weiterziehen, und damit ist der Fall erledigt.«

»Gute Idee.«

Der Hund lag halb vergraben in einem Efeubeet.

»Komm, Stupid«, sagte ich.

Das ignorierte er, aber als Jamie ihn rief, erhob er sich sofort. So weit, so gut. Ich ging ins Haus und erzählte Harriet von unserem Plan. Sie war so erleichtert, dass sie mich küsste. Ich schwor, dass sie den Hund zum letzten Mal gesehen hatte.

»Du musst jetzt stark sein«, sagte sie. »Mach keinen Rückzieher.«

»Du kennst mich. Ich bin ein Mann aus Eisen. Außerdem ist das der einzig humane Weg, ihn loszuwerden. Er wird an der Küste weglaufen, und damit ist es ausgestanden.«

Ich traf Jamie und den Hund am Gartentor, und wir gingen die Straße hinunter. Bis zu dem Tor, das zum Strand führte, war es eine Viertelmeile. Auf jeder Straßenseite lagen ein Morgen große Grundstücke, auf jedem Grundstück stand ein Haus, und in jedem Haus lebten mindestens ein, meist jedoch zwei Hunde. Point Dume, das Reich der Hunde, ein Paradies für Dobermänner, deutsche Schäferhunde, Neufundländer, Boxer, Leonberger, dänische Doggen und Dalmatiner.

Als wir die Straße herunterkamen, brach die Hölle los. Die preisgekrönten Boxer der Epsteins, Elwood und Gracie, stürzten bellend aus der Einfahrt, und bevor Stupid wusste, wie ihm geschah, hatten sie ihn über den Haufen gerannt. Heulen, Kreischen und Kläffen erfüllte die Luft, und am Straßenrand explodierte Fell in einer Staubwolke. Es sah aus, als würden sie Stupid in Stücke reißen, aber er erholte sich schnell. Die Bärenkiefer, mit denen er sie angriff, waren groß wie Schaufeln. Ein Schmerzensschrei von Gracie, und sie rannte hinkend davon.

Auf dem Rücken liegend, hatte Elwood seine Zähne in Stupids dicke Kehle geschlagen und riss ihm große Stücke Fell heraus. Stupid nagelte ihn mit seinen Tatzen am Boden fest, und sein riesiges Maul grub sich in die Gurgel des Boxers. Aber er verletzte Elwood nicht, er hielt ihn nur mit festem Griff. Sein schwerer Körper presste sich auf den des Boxers. Dann blitzte seine Mohrrübe auf, erschien wie ein gelbroter Dolch genau in dem Moment, als Mrs. Epstein in Lockenwicklern die Haustür aufriss und völlig fassungslos den Angriff auf ihr Herzblatt beobachtete. Sie griff sich einen Besen und stürzte auf die Kämpfenden zu. »Oh Elwood«, jammerte sie. »Mein armer Elwood.«

Sie drosch mit dem Besen auf Stupids Rücken ein, während der versuchte, seinen Dolch in die richtige Position zu bringen. Aber der rutschte rechts und links ab, ohne ans Ziel zu kommen, und bohrte sich zwischendurch in den Sand, wurde immer kleiner und verschwand schließlich in seinem Versteck. Erst dann gab Stupid auf und stieg herunter, sein Gesicht war von Verwirrung überschattet, und der Besen schlug immer weiter auf ihn ein. Unverletzt, aber verlegen kam Elwood auf die Füße, schnappte abschließend nach Stupids dickem Fell und rannte dann zu Gracie ins Haus.

Jamie und ich standen Mrs. Epstein gegenüber. Sie keuchte, kochte vor Wut und durchbohrte Stupid mit ihren Blicken.

»Was ist das für ein ekelhaftes Ding?«

»Ein Akita«, sagte ich.

»Ein WAS?«

»Ein japanischer Hund.«

»Erst ein Bullterrier und nun so was. Können Sie sich keinen zivilisierten Hund anschaffen?«

»Er hat nicht angefangen, Mrs. Epstein«, sagte Jamie. »Ihre Hunde haben ihn angegriffen.«

»Kann man ihnen das übel nehmen? Schau dir doch dieses schreckliche Monstrum an! So was gehört nicht in eine anständige Nachbarschaft. Hast du gesehen, was er mit Elwood gemacht hat?«

Mit hängender Zunge, keuchend und staubbedeckt saß Stupid da und starrte Mrs. Epstein an.

»Ich werde ihn anzeigen«, schnappte sie und stolzierte zum Haus zurück.

In der Haustür blieb sie stehen und rief ihre Hunde.

»Elwood! Gracie! Hierher, aber sofort!« Sie warf mir noch einen giftigen Blick zu und schloss die Tür.

Wir beugten uns zu Stupid herunter, der sich nach der Rauferei die Pfoten leckte und sein Fell schüttelte. An seinem Brustkorb fehlte ein faustgroßes Stück Fell, aber er hatte keine Wunden. Ich klopfte ihm voll Bewunderung den Bauch.

»Der Junge kann kämpfen«, sagte ich.

»Meinst du, er könnte es mit Rocco aufnehmen?«

»Soweit würde ich nicht gehen«, sagte ich. »Immerhin, er hat zwei Boxer fertiggemacht. Er hat eine große Zukunft vor sich.«

»Er ist schwul, Paps.«
»Das waren Cäsar und Michelangelo auch.«
»Ich wünschte, wir könnten ihn behalten.«
»Deine Mutter würde durchdrehen.«

Wir gingen weiter die Straße hinunter. Das Alarmsystem der Hunde lief uns voraus, und zwar auf Hochtouren: der Collie bei Hamers Haus, die hysterischen Beagles von den Frawleys, der Dobermann von Borcharts – auf beiden Seiten der Straße protestierte ein Spalier von Hunden gegen den Fremden in ihrer Mitte.

Sie sahen ihn zwischen Jamie und mir gehen, jeder von uns hielt ihn mit festem Griff am Halsband. Plötzlich traf sie der Geruch eines Tieres aus fremden Ländern, und sie wurden verrückt vor Angst und Wut über seine Gegenwart. Einige rannten hinter Maschendrahtzäunen auf und ab, andere verkrochen sich in Garagen und auf Vorplätzen und kläfften sich die Seele aus dem Leib. Davon aufgescheuchte Frauen und Kinder spähten ängstlich hinter zugezogenen Gardinen hervor und fragten sich, welches Ungeheuer Point Dume heimsuchte.

Mit hängender Zunge und hocherhobenem Kopf genoss Stupid die Aufmerksamkeit und zerrte an seinem Halsband wie ein Rennpferd, das den Start kaum erwarten kann. Als wir am Haus der Bigelows vorbeigingen, kam ihr rehbrauner Collie an den Zaun gerannt und geriet mit ein paar asthmatischen Bellern völlig außer sich. Stupid knurrte und entblößte seine gefährlichen, weißen Reißzähne.

Unterhalb der Bigelows erwartete uns eine letzte Herausforderung, bevor wir die Eisentore erreichten, die zum Strand hinunter führten – ein wilder Widersacher, der zu gewaltig war, als dass man an ihn denken oder auch nur seinen Namen flüstern mochte. Und doch wussten wir, er lag auf der Lauer genau hinter der Straßenbiegung.

Sein Name war Rommel, und der Name seines Besitzers war Kunz, ein leitender Mitarbeiter in der Forschungsabteilung von Rand in Santa Monica. Rommel. Eingeflogen aus Berlin. Er war der unumstrittene Herrscher im Hundereich von Point Dume. Ein schwarzsilberner deutscher Schäferhund, der im letzten Haus an der Straße wohnte und es auf sich genommen hatte, die Tore zum Strand zu bewachen. Ein furchterregender Hund, ein Gauleiter mit einem unheimlichen Gespür für Fremde und Aussteiger (jede Uniform begrüßte er dagegen mit Schwanzwedeln); er war elegant wie Cary Grant und stark wie Joe Louis, ein allmächtiger König unter den Hunden, aber meiner Meinung nach nicht so gut wie Rocco, mein Bullterrier, den die Kugel eines Attentäters dahingemäht hatte, ein Jahr, bevor Rommel auf der Bildfläche erschien.

Als wir das Ende der Sackgasse erreicht hatten, stand Rommel schon parat, das Warnsystem seiner Untergebenen hatte ihn in Alarmbereitschaft versetzt gegenüber dem Eindringling, egal ob Mensch oder Tier, der da die Cliffside Road herunterkam.

Mein Herzschlag kam auf Touren, und plötzlich war mir klar – der einzige Grund, weshalb ich Stupid zum Strand brachte, war diese Begegnung. Ich schaute Jamie an. Sein Gesicht war rot, seine Augen blitzten. Der Einzige von uns, Mensch oder Tier, der sich der drohenden Gefahr nicht bewusst schien, war Stupid. Offensichtlich war sein Geruchssinn ebenso unvollkommen wie seine Augen, denn er stolzierte in Sichtweite, ohne Rommel zu bemerken. Seine große Zunge hing ihm aus dem Maul, und auf seinem Bärengesicht lag ein Grinsen.

Mit lauernden Schritten, eine Pfote verstohlen vor die andere setzend, schlich Rommel auf ihn zu, den Schwanz steil in die Luft gestreckt und mit gesträubtem Nackenfell. Rommel ließ ein Knurren hören, das das Blut in den Adern gefrieren ließ und Jaulen und Gekläff entlang der Straße zum Schweigen brachte. Der

König hatte gesprochen, und es verbreitete sich eine schreckliche Stille. Stupid spitzte die Ohren, als seine Augen Rommel in fünfundzwanzig Meter Entfernung ausmachten. Er versuchte, sich loszureißen und zerrte uns hinter sich her, bis wir ihn freigaben. Er schlich nicht wie sein Teutonengegner. Stattdessen ging er mit hocherhobenem Haupt in den Kampf, sein buschiger Schwanz drehte sich über seinem Körper wie eine Fahne.

Die Szene entwickelte sich zu Zwölf Uhr Mittag, Dodge City. Jamie biss sich auf die Unterlippe, mein Herz raste. Wir blieben stehen und schauten zu.

Rommel griff als Erster an, schlug seine Zähne tief ins Fell an Stupids Gurgel. Es war, als hätte er in eine Matratze gebissen. Stupid riss sich los, stand hochaufgerichtet auf den Hinterbeinen wie ein Bär, und seine Vorderbeine hielten den Teutonen auf Distanz. Beide schnappten nacheinander. Rommel ging jetzt auch auf die Hinterbeine, sodass sich beide Auge in Auge gegenüberstanden. Mein Rocco, ein wahrer Kämpfer, hätte beiden die Eingeweide rausgerissen, wenn sie diese Taktik ihm gegenüber angewandt hätten. Aber Rommel war ein aufrechter Gegner, einer, der sich an die Regeln hielt, kein Biss in den Bauch, keine Attacke außer auf die Gurgel.

Er biss mehrmals zu, konnte sich aber nicht festhalten. Zu meiner Überraschung biss Stupid überhaupt nicht. Er fletschte die Zähne, seine Kiefer schnappten, er heulte, um Rommels Geheul zu übertönen, aber es war offensichtlich, dass er kämpfen und nicht töten wollte. Er war so groß wie Rommel, aber sein Brustkorb war kräftiger, und seine Pfoten trafen wie Keulenschläge.

Nach einem halben Dutzend Angriffen stand der Kampf unentschieden, und es gab eine kurze Pause, während der die Hunde sich gegenseitig taxierten. Der wachsame Rommel stand still wie eine Statue, während Stupid ihn immer enger umkreiste. Rommel beobachtete das Manöver voll Misstrauen und mit hochaufgerichteten Ohren. Nach den Regeln eines klassischen Hundekampfes wäre der Krieg mit dem Unentschieden beendet, beide Hunde könnten sich mit unbefleckter Ehre zurückziehen. Nicht so Stupid. Er umkreiste ihn ein zweites Mal – und plötzlich senkten sich seine Vorderpfoten fest auf Rommels Rücken. *Touché!* Das war eine so unglaubliche List, so beispiellos, gewagt, dreist und unorthodox, dass Rommel ungläubig erstarrte. Es sah aus, als wollte Stupid lieber herumalbern als kämpfen, und das verstörte Rommel, einen edlen Hund, der an Fair Play glaubte, zutiefst.

Schließlich enthüllte Stupid seine finsteren Absichten, holte sein gelbrotes Schwert aus der Scheide, sprang auf Rommels Rücken, drückte ihn, jetzt ganz Bär, mit vier kräftigen Beinen zu Boden und suchte den Eingang für sein Gerät. Welche Finesse! Welche Brillanz! Mein Blut kochte. Mein Gott, was für ein Hund!

Angewidert knurrend versuchte sich Rommel aus diesem obszönen Überfall zu befreien, sein Hals verrenkte sich auf der Suche nach Stupids Gurgel, sein Hintern rutschte Schutz suchend über den Boden. Jetzt wusste er es: Sein Gegner war ein satanisches Monster mit lasterhaften Absichten, und das gab ihm einen solchen Schub panischer Energie, dass er sich losreißen konnte. Endlich frei schlich er davon mit hängendem Schwanz zum Schutz seiner empfindlichen Teile und seiner Ehre.

Stupid tobte hinter ihm her, während er sich auf den Rasen zurückzog und aufrecht hinsetzte. Sein aufgerissenes Maul entblößte tropfende Zähne. In dem Ton, der aus seiner Kehle drang, lagen Widerwillen und Ekel, Zurückweichen vor diesem abscheulichen Gegner, der zu abstoßend war, als dass er ihn hätte angreifen können.

Rommel war geschlagen, vernichtet. Er hatte aufgegeben.

»Mein Gott«, sagte ich, ging auf die Knie und schlang meine Arme um Stupids Hals. »Oh, mein Gott, Jamie! Hast du das gesehen?«

Jamie griff nach seinem Halsband.
»Lass uns abhauen, bevor es wieder losgeht.«
»Das geht nie wieder los. Rommel ist fertig, vernichtet. Schau ihn dir an!«
Rommel schlich die Einfahrt hoch, den Schwanz zwischen die Beine geklemmt.
»Komm, wir gehen«, sagte Jamie.
»Wir behalten ihn.«
»Das kannst du nicht machen. Du hast es Mutter versprochen.«
»Dies ist mein Haus, mein Hund, meine Entscheidung.«
»Aber er gehört dir nicht.«
»Das kommt schon noch.«
»Er macht Ärger. Er ist verrückt.«
»Er ist ein Kämpfer mit Stil. Er gewinnt, ohne sich anzustrengen.«
»Er ist kein Kämpfer, Paps. Er ist ein Vergewaltiger.«
»Wir behalten ihn.«
»Erklär' mir, warum.«
»Ich muss dir gar nichts erklären.«

Wir machten uns auf den Heimweg. Stupid ging zwischen uns, und wir begannen unseren Spießrutenlauf eingerahmt von kläffenden Hunden. Ich wusste, warum ich den Hund behalten wollte. Es war beschämend deutlich, aber ich konnte es dem Jungen nicht sagen. Das wäre mir peinlich gewesen. Aber mir konnte ich es eingestehen, und es war nicht so schlimm. Ich war die Niederlagen und Misserfolge satt. Ich hungerte nach Sieg. Ich war fünfundfünfzig, und es waren keine Siege mehr in Sicht, noch nicht einmal ein ordentlicher Kampf. Sogar meine Feinde waren nicht mehr an Kämpfen interessiert. Stupid war Sieg, war die Bücher, die ich nicht geschrieben hatte, die Orte, an denen ich nicht gewesen war, der Maserati, den ich nie besessen hatte, die Frauen, nach denen ich mich sehnte, Danielle Darrieux und Gina Lollobrigida und Nadia Grey. Er war Triumph über ehemalige Hosenfabrikanten, die auf meine Drehbücher eingedroschen hatten, bis Blut floss. Er war mein Traum von wunderbaren Nachkommen mit Verstand und an berühmten Universitäten, Gelehrten, die der Welt etwas zu geben hatten. Wie mein geliebter Rocco würde er den Schmerz und die blauen Flecken meiner endlosen Tage mildern, die Armut meiner Kindheit, die Verzweiflung meiner Jugend, die Hoffnungslosigkeit meiner Zukunft.

Er war ein Hund und kein Mann, aber ein Tier, und er würde mit der Zeit mein Freund werden, meinen Schädel mit Stolz und Spaß und Unsinn füllen. Er war Gott näher, als ich je sein würde, er konnte weder lesen noch schreiben, und auch das war gut. Er passte nicht hierher, genau wie ich. Ich würde kämpfen und verlieren, und er würde kämpfen und siegen. Die hochnäsigen dänischen Doggen, die stolzen deutschen Schäferhunde, er würde sie alle fix und fertig machen und dann auch noch bumsen, und ich würde meinen Spaß haben.

6 Harriet holte gerade die tägliche Ernte an Rechnungen aus dem Briefkasten, als wir näherkamen. Beim Anblick des Hundes fiel ihr der Unterkiefer herunter, und in ihren Augen brodelte die Wut.

»Ruf deinen Agenten an«, zischte sie.

Das war alles. Sie ging durch das Tor und den Weg hoch zur Haustür und ging hinein, ohne sich umzuschauen. Wir brachten Stupid auf den Hof hinter dem Haus und gaben ihm Pferdefleisch aus der Dose zu fressen, das aus Roccos Zeiten noch übrig war. Er schlang den Inhalt von vier Büchsen (die Büchse zu vierzig Cent das Stück) hinunter und war immer noch hungrig.

»Diesen Hund kannst du dir nicht leisten«, sagte Jamie. »Du hast ja nicht einmal einen Auftrag.«

»Der Herr wird es schon richten.«

Wir verfütterten noch eine Dose an ihn, und ich ging ins Haus, um meinen Agenten anzurufen. Harriet saß am Küchentisch und war umgeben von Werken von Bernard Shaw. Sie wandte sich ab, als ich die Nummer wählte.

Der Agent meinte, er hätte etwas Vielversprechendes. Joe Crispi von Universal wollte mich sehen. Crispi und ich waren alte Freunde und hatten vor Jahren mal bei Columbia an einem Film zusammengearbeitet. Der Termin war drei Uhr am selben Nachmittag. Ich sagte zu.

»Worum geht es eigentlich?«

»Das ist streng geheim«, sagte der Agent. Das bedeutete, dass jeder Autor und jeder Agent in der Stadt Wind von der Geschichte bekommen hatte.

»Fernsehen oder Kinofilm?«

»Ich darf dir überhaupt nichts sagen«, antwortete der Agent. »Ich bin zur Geheimhaltung verpflichtet.« Das bedeutete Fernsehen. Aber es spielte keine Rolle. Ich brauchte so dringend Geld, dass ich Joe Crispi direkt vor dem Century-Plaza gevögelt hätte, wenn der Preis stimmte.

Ich brauchte fast eine Stunde, um mich zu duschen, zu rasieren und als Autor auszustaffieren. Ich zog sogar eine karierte Weste unter mein Sportjackett aus Kaschmirwolle. Auf dem Weg nach draußen ging ich durch die Küche und konnte Harriet nicht finden. Sie ging mir aus dem Weg, war sauer wegen des Hundes. Ich wanderte beide Flure auf und ab und rief nach ihr und kam schließlich an eine verschlossene Badezimmertür. Ich klopfte.

»Harriet?«

Keine Antwort, aber ich wusste, dass sie da drin war. Ich klopfte noch einmal.

»Was willst du?«, fragte sie.

»Ich gehe jetzt.«

Kein Wort.

»Willst du, dass wir darüber reden, bevor ich gehe?«

»Würdest du mich bitte in Ruhe lassen und verschwinden? Ich sitze auf dem Klo.«

Ich sagte »bis dann« und ging hinaus zur Garage.

Jamie übte Korbwürfe, und Stupid schlief auf dem Rasen. Er schien schon einer von uns zu sein, in Harmonie mit dem Gras und den Bäumen und Teil eines warmen Januarnachmittages.

Während ich den Porsche rückwärts aus der Garage fuhr, spürte ich das taube Gefühl auf meiner Wange, die Stelle, wo Harriet mich zum Abschied nicht geküsst hatte.

Ein viertel Jahrhundert lang war der Brauch des Abschiedskusses Teil unseres Lebens gewesen. Nun vermisste ich ihn, wie ein Mönch eine fehlende Perle in seinem Rosenkranz vermisst.

7 Bis zu Universal waren es vierzig Minuten. Ich schoss durch die Berge an der Küste und über Malibu Canyon ins Tal, wo ich auf die Schnellstraße direkt nach Universal City stieß. Die Situation zu Hause machte mir Sorgen. Harriets Stimmung verhieß nichts Gutes. Sie war meist fügsam und umgänglich und schnell bereit, zu verzeihen, aber ihre Geduld hatte Grenzen, und dann ging sie einfach weg.

Das war bisher zweimal passiert, und in beiden Fällen ging es um ein Tier. Im ersten Jahr unserer Ehe, als wir in San Francisco lebten, brachte ich eine weiße Ratte im Käfig heim in unser Appartement und wollte sie als Haustier behalten. Die Ratte entkam in die Sprungfedern unseres Sofas und war unmöglich herauszuholen. Harriet gab mir eine Stunde Zeit, die Ratte verschwinden zu lassen, und als mir das nicht gelang, packte sie ihre Sachen und ging, bestieg einen Bus nach Grass Valley zur Farm ihrer Tante. Es dauerte einen Monat, ehe ich sie zurückbekam. Ich musste nach Grass Valley fahren und dort, in Gegenwart ihrer Tante, auf die Knie fallen und sie bitten, heimzukommen. Schließlich war sie einverstanden, aber erst nach vollständiger Überarbeitung des Ehevertrages. In jenen vergangenen Tagen war ich jung und dumm und vögelte sie dreimal am Tag voller Liebe und war bereit, mich zu erniedrigen.

Zehn Jahre später fraß Mingo, mein erster Bullterrier, ihre Siamkatze, und wieder verließ sie mich, ließ mich sitzen mit einem Haus voller Kinder, Katzen und Hunde. Und wieder auf nach Grass Valley, tagelange Verhandlungen, Vorschläge und Gegenvorschläge per Post und Telefon und der ermüdende Auftritt des Ehegatten mit gebrochenem Herzen, der sich in den Staub warf, bis endlich der neue Vertrag beschlossen war. Eine der Bedingungen, die ich gezwungenermaßen akzeptieren musste, war: Mingo musste gehen. Es war eine grauenhafte Forderung, aber Harriet hatte mich an den Eiern, und ich brachte Mingo zu einer Orangenplantage in Tarzana, wo ein reizender alter Mann Bullterrier züchtete und wo schließlich, gezeugt von Mingo, mein großer Rocco geboren wurde.

Jetzt sah es so aus, als bereitete sich Harriet wieder auf eine Flucht nach Grass Valley vor. Ich kannte die Symptome: das Porzellanlächeln, die schmalen Lippen, schweigsame Meditationen im Badezimmer, fauchende Feindseligkeit. Aber ich hatte mich im Lauf der Jahre verändert, meine Werte waren andere geworden. Ein Hund war ein wunderschönes Geschöpf, aber er konnte kein Hemd bügeln, weder Fettucine oder Hühnchen in Marsala zubereiten noch einen Aufsatz über Bernard Shaw schreiben, und in schwarzen Strümpfen würde er ausgesprochen blöd aussehen. Als ich am Parkplatz von Universal ankam, hatte ich mich davon überzeugt, dass Stupid gehen musste.

Ich hatte noch zehn Minuten Zeit bis zu meinem Termin, bückte mich in eine offene Telefonkabine und rief zu Hause an.

Dominic kam ans Telefon, und ich bat ihn, seine Mutter zu rufen.

Er sagte: »Hör mal, Paps, hast du nicht schon genug Ärger gemacht?«

Ich brüllte ihn an.

»Halt mir keine Vorträge, du Wichser. Hol meine Frau ans Telefon.«

Es dauerte über eine Minute, bevor er wieder was sagte.

»Sie ist in der Badewanne.«

»Sag ihr, es ist wichtig.«

Pause.

»Sie verlässt dich, Paps.«

»Deswegen rufe ich ja an. Sag ihr, der Hund verschwindet. Sowie ich zurück bin, kommt er weg.«

Er verließ das Telefon für drei Minuten, und inzwischen pumpte ich die nächste Münze in den Schlitz.

»Tut mir leid, Paps. Sie glaubt dir nicht.«

Ich stöhnte. »Was ist los, Denny? Wieder Grass Valley?«

»Ich glaube schon. Sie hat einen Flug gebucht, um sieben Uhr nach Sacramento.«

»Halt sie auf! Rede es ihr aus!«

»Meinst du, das probiere ich nicht? Was wird aus meiner Semesterarbeit, wenn sie abhaut?«

»Versuch es weiter. Ich komme nach Hause, so schnell ich kann.«

Ich legte auf und schwitzte erschöpft in der Hitze im Tal und ging eine Querstraße weiter bis zum Block C und Joe Crispis Büro. Ich fühlte, wie der alte Schmerz in meinem Zwölffingerdarm sich wieder bemerkbar machte, der heftige Stich, der mich vor jedem Treffen mit einem Produzenten quälte.

Aber diesmal wusste ich, es hatte nichts mit Joe Crispi zu tun. Es war der Gedanke an eine mich verlassende Harriet und an die mühselige Prozedur, sie wieder zurückzubekommen. Ich konnte nicht mehr deswegen verhandeln, ich war verdammt zu alt dafür. Eher würde ich mich erschießen, als noch einmal den Bußgang nach Grass Valley antreten, diese uralte Tante, inzwischen neunzig, dieser Salon von 1890, diese trübselige Stadt, in der ich immer noch der ›kleine Spaghetti‹ war. Ich murmelte laut ein Gebet, »San Gennaro, um Gottes willen, hilf mir«.

Vor dem Gebäude C kläffte mich ein arroganter kleiner Foxterrier aus dem Inneren eines zehntausenddollarschweren Mercedes-Sportwagen an, eine reiche eingebildete kleine Töle in roter Lederausstattung, die der Meinung war, die ganze Welt gehöre ihr. Ich ging zum Auto und streckte ihr die Zunge heraus. Sie quetschte ihr fassungsloses Maul durch einen kleinen Spalt im Fenster und kreischte mich an wie eine Verrückte. Ich spuckte ihr ins Gesicht und wünschte mir, sie möge Jaqueline Susann gehören.

Ich hatte Joe Crispi seit sieben Jahren nicht mehr gesehen, seit jenen Tagen, als wir uns immer im Büro in Santa Monica trafen, wenn wir unser Arbeitslosengeld abholten. Inzwischen war er ein Millionär mit drei erfolgreichen Fernseh-Shows und einem Herzinfarkt. Er war stämmiger als früher, dicke Backen rahmten sein dunkles Sizilianergesicht ein. Zu viel und zu wenig war passiert, als dass wir die Wärme vergangener Zeiten hätten wiederfinden können. Er hatte sogar den Namen meiner Frau vergessen und nannte sie Hazel.

Ganz Geschäftsmann, kam er gleich auf die Arbeit zu sprechen. Er hatte gerade den Pilotfilm für eine neue Serie produziert, eine Komödie, eine sehr menschliche Komödie sagte er, und er spürte, dass sie meinen Fähigkeiten wunderbar entspreche. Die Serie war schon fertig finanziert, und er plante sechsundzwanzig Folgen.

»Du kannst so viele schreiben, wie du willst«, sagte er. »Wie steht es mit deiner Zeit? Ich meine, hast du gerade was in Arbeit?«

Ich sagte ihm, ich sei frei und könnte jederzeit anfangen.

»Gut«, sagte er und stand auf. »Komm, wir gehen in den Vorführraum. Ich habe für dich eine Vorführung des Pilotfilms arrangiert.«

»Erzähl mir erst ein bisschen davon.«
»Schau ihn dir an. Dann reden wir. Ich will, dass du dir den Film unvoreingenommen ansiehst.«
Ich bedankte mich bei ihm für die ganze Mühe mit der Sondervorführung.
»Vergiss es. So arbeite ich mit Autoren. Die Karten auf den Tisch. Kein Larifari.«
Das war typisch Joe Crispi. Er kam aus dem Kohlenrevier in Pennsylvania, hatte einen Roman veröffentlicht, der die Armut und Hoffnungslosigkeit italienischer Bergarbeiter behandelte, war dann ins Filmgeschäft gegangen und schrieb Drehbücher mit Matrosen, Preisboxern und Gangstern. Er sah hart aus, schrieb harte Geschichten und versuchte, immer ehrlich zu sein. Wenn er eine komische Serie vorbereitete, dann mussten darin die rauen, erdverbundenen Menschen vorkommen, die er so gut kannte – Italiener, Polen, Schwarze. Über solche Leute konnte ich schreiben.

Er führte mich zwei Treppen hinunter zum Vorführraum, und ich entschloss mich, den Pilotfilm unter allen Umständen zu mögen, weil ich das Geld brauchte und die Chance, mich an eine erfolgreiche Serie anzuhängen.

Crispi öffnete die Tür, und wir gingen hinein. Es war ein kleiner Raum mit etwa fünfzig Plätzen, und mich traf der Schlag, als ich merkte, dass alle Plätze besetzt waren und viele Leute hinten und an den Seiten standen. Es waren Autoren, natürlich, junge Autoren, Schriftsteller aus Princeton und Dartmouth, Autoren aus New York, lässig gekleidet, die meisten mit langen Haaren und Bart. Auch Schriftstellerinnen waren da, chic und attraktiv genug, sie hätten Schauspielerinnen sein können. Ich war der älteste Idiot im Raum. Außer Joe und mir waren alle unter dreißig, ruhige, ehrgeizige junge Leute. Und tödlich. Crispi setzte sich auf den Ehrenplatz hinter einem Schreibtisch mit Telefonen und elektronischer Verbindung zur Vorführkabine.

Während die Lichter erloschen, spuckte mein Zwölffingerdarm Säure, das alte Geschwür befahl mir, der Situation zu entfliehen, während ich mir ein Plätzchen im Seitengang suchte. Die Leinwand wurde hell, und die Sondervorstellung extra für mich begann.

Mein Magen krampfte wie eine verknotete Angelschnur, während sich die Geschichte entwickelte. Die Serie hieß ›Lucky Pierre‹, und man sollte es nicht für möglich halten, der Held war ein Hund, ein verdammter kleiner französischer Pudel namens Pierre und sein Frauchen eine vierzehnjährige Melinda, und da gab es Papa, einen Bankier aus der Wall Street, und die rücksichtslose, eingebildete Mama, und das üble Machwerk hatte eine Tonspur mit Gelächter, was völlig überflüssig war, weil die katzbuckelnden Schreiberlinge über jeden Meter Film johlten und bei jedem Dialogsatz vor Lachen schier zusammenbrachen.

Es war das pure, überwältigende Drama und kam direkt aus Joe Crispis Jugend im Bergbau. Melinda und Mama und Papa fliegen in einer 747 von Paris nach Hause, und Melinda hat den süßen kleinen Pierre in einer Tasche der Fluggesellschaft an Bord geschmuggelt, und keine Menschenseele, weder Passagiere noch Besatzung, weiß, dass er an Bord ist, und während sie über den Atlantik fliegen, übernehmen diese beiden Luftpiraten (dunkel genug, dass sie Kubaner sein könnten) die Gewalt über das Flugzeug, und inmitten des Geschreis der Passagiere und Gejohle der versammelten Schreiber entsteigt Pierre der Tasche. Ich wusste, ich würde entweder kotzen oder sterben. Ich fühlte es brodelnd und ranzig in meiner Kehle hochkommen, machte leise die Tür auf und verschwand.

Bei der Tabakverkäuferin vor der Kantine kaufte ich mir zwei Rollen Lutschtabletten gegen Sodbrennen und ging dann zu meinem Auto. Die Erste brachte mich über die Schnellstraße bis nach Balabasas. Inzwischen war es fast fünf Uhr, ich würde also noch rechtzeitig zu Hause sein, bevor Harriet zum Flughafen fuhr. Das Magengeschwür war so besänftigt, dass ich eine Zigarette riskierte, aber als ich in die Einfahrt einbog, stand der Schmerz wieder in voller Blüte.

Denny trug gerade Harriets Gepäck zu seinem Auto.

»Zu spät«, rief er und sah mir zu, wie ich ins Haus rannte.

Harriet saß im Bademantel an ihrer Frisierkommode und polierte sich die Fingernägel. Wasserdampf von ihrem Bad bewölkte die Fenster, und der wollüstige Duft von Badeöl und Parfüm hing in der Luft. Ich bekam Lust, sie anzuspringen, aber ihre zusammengezogenen Augenbrauen machten deutlich, dass sie nicht in der Stimmung war für gymnastische Übungen.

»Du lässt mich also im Stich«, sagte ich und setzte mich auf das Bett.

»Da hast du verdammt recht, das tue ich.«

»Warum? Du hast gewonnen. Der Hund verschwindet.«

Sie sagte kein Wort.

»Vielleicht ist es gar nicht der Hund, vielleicht geht es mehr um mich«, gab ich zu. »Ich habe ein bisschen über mich nachgedacht in den letzten beiden Stunden, und was ich dabei festgestellt habe, war nicht angenehm. Ich bin ein lausiger Ehemann, ein mieser Vater, ein schlechter Ernährer, ein totaler Versager. Kein Wunder, dass du gehst. Du hast mich satt, mich und meine krummen Touren. Vielleicht solltest du für ein paar Tage nach San Francisco fahren und einen netten jungen Kerl treffen und mit ihm schlafen. Das ist eine hervorragende Therapie, und du verdienst weiß Gott ein bisschen Spaß in deinem Leben.«

Ihr Gesicht wurde weicher, während sie mich im Spiegel betrachtete.

»Wenn ich meine Meinung ändere, versprichst du mir dann etwas?«

»Alles.«

»Sorg dafür, dass der Hund nicht ins Haus kommt.«
»Der Hund verschwindet. Der hat hier nichts mehr zu suchen.«
»Ich will nicht, dass du ihn weggibst. Du brauchst einen Hund. Du bist nicht mehr derselbe, seit Rocco tot ist.«
»Du gehst nicht fort?«
»Ich kann nicht, wirklich. Ich muss bis nächste Woche diese Arbeit über Shaw fertig haben oder Denny fällt durch.«
Sie stand auf und ließ sich aus ihrem Bademantel fallen. Zack! Sie trug über einem Bikinislip einen Strumpfgürtel, schwarze Strumpfbänder mit gelben Rüschen und aufgestickten gelben Rosen. Das Taillenband war aus schwarzem Satin und auch mit Rosen bestickt. Dazu schwarze Strümpfe.
»Heilige Muttergottes!«, sagte ich.
Sie ging von mir weg zur Tür und schloss sie ab, und ich saß da und schaute den Schwingungen ihres süßen Hinterns zu und fühlte mich wie eine Gitarre, auf der gespielt wird. Das Magengeschwür tat nicht mehr weh.

8 Stupid war wirklich kein Problem. Er verließ das Grundstück nicht, obwohl beide Tore immer offenstanden, und es war einfach, ihn vom Haus fernzuhalten. Er bevorzugte das Freie und genoss es, auf dem Gras zu schlafen, egal ob es regnete oder nicht. Das Bett, das wir ihm in der Garage gebaut hatten, benutzte er nur selten.

Als Kaltwettertier wurde er zum Energiebündel, wenn der Donner rollte und die Temperatur fiel. Sowie es wärmer wurde als fünfundzwanzig Grad, rollte er sich im Efeu zusammen oder unter einem Baum.

Ich machte einen halbherzigen Versuch, seinen Besitzer zu finden, aber als ich eine Anzeige ins kleine Lokalblatt setzte und mitteilte, ich hätte einen großen Rüden gefunden und der Besitzer solle sich melden, war das eher eine Geste, um mein Gewissen zu beruhigen. Die große *Los Angeles Times*, die jede Stadt und jede Straße im Südwesten abdeckte, vermied ich ganz bewusst. Nachdem die Anzeige eine Woche lang lokal erschienen war, ließ ich sie stoppen, kaufte Stupid eine Hundemarke, meldete ihn an und ließ ihn gegen Tollwut und Staupe impfen.

Der Beamte, der die Anmeldung ausstellte, bezeichnete ihn als reinrassigen Akita. Der Tierarzt, der ihn impfte, hielt ihn für eine Mischung aus Eskimohund und Akita, und sein Assistent tippte auf halb Chow-Chow und halb Akita.

Meiner Meinung nach war er ein reinrassiger Akita, weil ich auf eine Hundeausstellung gegangen war und dort andere gesehen hatte – die schrägen Augen, fellbewachsenen Pfoten und buschigen Schwänze seiner Rasse. Stupid sah genauso aus wie die Akitas in dieser Schau. Er war zweifellos ein Ausländer, mit den Anpassungsproblemen eines Ausländers in dieser weißen, protestantischen arroganten Nachbarschaft, verachtet von den angloamerikanischen Hunden und gehasst von den deutschen Zuchthunden. Mit den Promenadenmischungen kam er gut zurecht, versuchte aber, alle Rüden – ohne Ausnahme – zu bespringen. Hündinnen verabscheute er, und wenn sie heiß waren, fiel er gnadenlos über sie her. Mrs. Epsteins Gracie hatte panische Angst vor ihm. Nach dieser ersten Begegnung sah ich Gracie nie wieder, hörte sie aber oft hinter dem Haus der Epsteins kläffen. Natürlich redeten die Epsteins nicht mehr mit uns, und wir gingen einander aus dem Weg, wenn wir unsere Einkaufskarren durch die Gänge im Supermarkt schoben.

In Point Dume liefen die Hunde frei herum, und wenn ein aufsässiger Mob von Hunden bei der Verfolgung einer heißen Hündin an unserem Haus vorbeimarschierte, stürzte Stupid aus dem Hof, verscheuchte die Rüden und nahm sich die Hündin selbst vor. Sie blieb voll erwartungsvoller Schüchternheit stehen, während er herantrottete. Dann bekam sie den Schock ihres Lebens, wenn er sie über den Haufen rannte und gnadenlos bumste, bis sie voller Verwirrung davonstürzte.

Ich hatte zwei Theorien zu Stupids Fehlverhalten. Die erste war, dass er in Nuckelzeiten zu einem Wurf von neun oder zehn Welpen gehörte, die alle kräftiger waren als er und er zur Stillzeit keine Zitze bekam, um daran zu saugen. Erst wenn die anderen sich satt getrunken hatten, konnte er einen freien Brunnen finden, aber bis dahin war seine Mutter leer getrunken oder war die Geschichte leid und schmiss ihn runter.

Stupid nahm diese frühe Behandlungsweise bitter übel, und im Laufe der Zeit grübelte er, besonders während der Pubertät, über diese mütterliche Zurückweisung und kam schließlich dazu, alle weiblichen Wesen zu hassen.

Entweder das oder er erlebte, nachdem er ohne elterliche Probleme erwachsen geworden war, ein Desaster bei seinem ersten Koitusversuch. Vielleicht war sie eine gefühllose dänische Dogge oder eine hartgesottene Hündin, die ihn nicht nur zurückwies, sondern auch noch zu Boden warf und quälte.

Dazu kam noch die Frage seiner Abstammung. So überzeugt ich auch war von seiner japanischen Abstammung, ich konnte mich möglicherweise doch irren, und er war kein reinrassiger Akita. Es bestand die vage Möglichkeit, dass seine Mutter eine deutsche Schäferhündin war. In diesem Fall könnte der Zusammenprall orientalischer und teutonischer Kultur fantastische genetische Komplikationen verursachen. Germanisches kriegerisches Wesen kombiniert mit orientalischer List war eine so unberechenbare Mischung wie Benzin und Sake. Diese Elemente mögen eine Zeit lang stabil bleiben, aber früher oder später ist eine Brandkatastrophe unvermeidlich.

Der Weg zum Herzen eines Hundes gleicht dem Weg zum Herzen eines Mannes, und innerhalb von zwei Wochen war ich für Stupid derjenige, von dem er sein Fressen bekam, und er gehörte mir. Ich brauchte einen Hund. Er vereinfachte den Kreis meines Lebens. Er war draußen im Hof, lebendig und freundlich und nahm den Platz der anderen Hunde ein, die tot waren und unter jener Erde lagen, auf der er umherstreifte. Ich konnte das begreifen – meine Hundefreunde, die lebenden und die toten, vereint auf demselben Stück Land. Es ergab einen Sinn. Mein Vater und meine Mutter lagen auf einem Friedhof oben im Norden, und ich war noch am Leben in Point Dume, ging über denselben kalifornischen Boden, der sie beherbergte. Auch das begriff ich.

Ich konnte mit meiner Pfeife in die Nacht hinausgehen und neben Stupid zu den Sternen hochschauen, und da war eine Verbindung. Ich mochte diesen Hund. Als ich ein kleiner Junge war in Colorado, saß ich immer mit meinem Hund draußen und schaute zu denselben Sternen hoch. Er bedeutete wieder Kindheit und brachte die Seiten meines Katechismus zurück. Wer ist Gott? Gott ist der Schöpfer von Himmel und Erde und allen Dingen. Ist Gott überall? Gott ist überall. Warum hat uns Gott erschaffen? Gott hat uns erschaffen, damit wir ihn erkennen und ihn lieben in dieser Welt und in der nächsten Welt mit ihm glücklich sind.

Ich konnte mit Stupid im Gras sitzen und jedes Wort davon glauben. Manchmal, wenn ich so dasaß, erhob er sich, legte mir die Pfoten auf die Schultern und versuchte, mich zu vögeln. Also liebte er mich. Wie sonst konnte er das ausdrücken? Ein Gedicht schreiben? Rosen pflücken? Ich knuffte ihn mit dem Ellenbogen, und das kühlte ihn wieder ab. Auch Rocco hatte mich geliebt und mir das gezeigt, indem er in meine Schuhe biss oder etwas zerfetzte, was mir gehörte, ein Hemd, ein Paar Socken, meinen Hut oder, unglücklicherweise, die Griffe meiner Golfschläger. Aber Rocco war ein geselliger Zeitgenosse, der Hündinnen liebte, während Stupid dieses Problem mit der Weiblichkeit hatte, und das machte ihn mir noch kostbarer.

Er tat mir gut. Einen Monat, nachdem er zu uns gekommen war, fing ich an, einen Roman zu schreiben. Daran ist nichts Ungewöhnliches. Ich fing dauernd Romane an und füllte damit die Pausen zwischen Drehbuchaufträgen. Aber sie führten zu nichts und versickerten aus einem Mangel an Vertrauen und Disziplin, und ich gab sie schließlich mit einem Gefühl der Erleichterung auf.

Drehbuchschreiben war einfacher und brachte mehr Geld, diese eindimensionale Kritzelei, die vom Schreiber nichts weiter verlangt, als dass er seine Figuren in Bewegung hält. Die Formel war immer gleich: Kämpfen und bumsen. Wenn das Drehbuch fertig war, gab man es anderen Leuten, die es dann in Fetzen rissen bei dem Versuch, daraus einen Film zu machen.

Wenn man sich an einen Roman machte, war die Verantwortung erschreckend. Man war nicht nur der Schreiber, sondern auch der Star und alle anderen Rollen und noch dazu Regisseur, Produzent und Kameramann. Wenn ein Drehbuch keinen Erfolg hatte, konnte man immer vielen anderen Leuten – vom Regisseur abwärts – die Schuld geben. Wenn der Roman durchfiel, war man in seinem Leid allein.

Ohne Symptome eines Zusammenbruchs hatte ich 15.000 Worte von meinem neuen Roman geschrieben, als mich wieder die alte Sehnsucht überkam, meine Familie loszuwerden. Die Seiten summten, und ich wollte allein sein. Selbstverständlich dachte ich an Rom und spielte sogar mit dem Gedanken, Harriet mitzunehmen. Um hinzukommen, müssten wir vorher das Anwesen auf Point Dume verkaufen, eine Unmöglichkeit, solange wir uns die Kinder nicht vom Hals geschafft hatten. Was den Hund betraf, so konnte ich mir nicht vorstellen, dass ihm Rom gefallen würde, schließlich wurden dort alle Hunde per Gesetz mit einer Leine unterdrückt. Aber irgendwie stellte ich mir Stupid nie mit mir zusammen in Rom vor. Er war nur nützlich, bis ich verschwinden konnte. Sowie die Kinder aus dem Haus sein würden und das Haus verkauft, würde ich reich und frei sein.

Je mehr ich plante und träumte, desto weniger passte Harriet in das Vorhaben.

Ihr würde Rom bestimmt nicht gefallen. Getrennt von ihren Freunden, isoliert durch die Barriere einer anderen Sprache und kulturell fremd würde sie es wahrscheinlich langweilig finden.

Außerdem hatte sie keine besondere Zuneigung mehr zu italienischen Dingen.

Ich beschloss schließlich, dass die einzige Möglichkeit für sie war, ein Apartment in Santa Monica zu mieten, und dann konnte ich losfahren zur Piazza Navona und in ein neues Leben hineinspringen.

9 Harriet hatte nicht so viel Glück mit Bernard Shaw, wie sie gehofft hatte. Sie bekam ein B. Das war ein schrecklicher Schlag für ihren Stolz, obwohl es Denny die Abschlussprüfung in Theaterwissenschaften und damit den Abgang vom City College verschaffte.

Die Nachricht kam per Post an einem drückend heißen Nachmittag im Februar. Die glühend heißen Santa Ana Winde erstickten den Himmel, die Luft war vor Hitze elektrisiert, die Bäume knisterten, als würden sie gleich in Flammen aufgehen, und das Meer war flach und wie gelähmt. Die Hitze und die Nachricht deprimierten Harriet so sehr, dass sie zur Flasche griff. Ich sympathisierte und trank mit ihr. Schließlich hatte ich ihre Arbeit gelesen, zwanzig Seiten einer sehr durchdachten und scharfsinnigen poetischen Prosa. Genau das war natürlich auch das Problem. Der Aufsatz war zu gut, als dass ein Trottel wie Denny ihn hätte verfassen können.

Wir saßen in der Küche, die Fenster standen weit offen, und bis die Sonne unterging, tranken wir gut gekühlten Chablis und hörten der Brandung zu, die brüllte wie Löwen in einer Grube. Im Hof wanderte Stupid, gefangen in seinem Pelz, japsend und teilnahmslos, ruhelos hin und her, während der heiße Wind durch die müden Fichten strich. Wir tranken den kühlen Wein wie Mineralwasser, und wir spürten die Wirkung.

»Ich gehe zum Collegebeirat«, sagte Harriet verwegen. »Dieser Mann, dieser Roper, ist ein gemeiner, rachsüchtiger Pedant. Der hat was gegen Denny.« Sie schüttete sich Wein in den Mund. »Hol das Telefonbuch! Such die Nummer vom Beirat heraus!«

»Es ist zu spät. Da ist jetzt keiner mehr.«

»Ich gehe selbst hin«, drohte sie. »Ich werde diesem Roper von Angesicht zu Angesicht gegenübertreten. Ich habe ein Recht auf eine Erklärung.«

»Wenn du gehst, dann allein«, schlug ich vor. »Ohne Denny. Wenn Mr. Roper ihm ein paar Fragen stellt zu Bernard Shaw, hat es dich mit runtergelassenen Hosen erwischt.«

Der Gedanke war ernüchternd.

»Oh Gott«, stöhnte sie. »Ich habe so gottverdammt hart gearbeitet an diesem Aufsatz. Ich habe mir wirklich Mühe gegeben.«

Sie ging zum Herd und öffnete die Tür zum Backofen. Drin blubberte die Lasagne in einem pikanten Duft von Kräutern und Tomatensoße. Sie rührte das Gemüse um und versetzte dem Salat ein paar Schläge mit dem Holzlöffel. Es sollte einer der seltenen Abende werden, wo die ganze Familie, Rick Colp inklusive, sich zum Essen versammelte.

Ansonsten war es inzwischen eine Art Selbstbedienungsküche geworden, jeder kochte nach seinem eigenen Geschmack. Das musste so sein, weil jeder zu einer anderen Uhrzeit aufwachte und keiner verlässlich genug war, zum Abendessen aufzutauchen, von Harriet und mir mal abgesehen.

Also hatte Harriet schließlich aufgehört, regelmäßige Mahlzeiten vorzubereiten. Stattdessen füllte sie die Tiefkühltruhe mit vorgekochtem Essen und ließ jeden für sich selbst sorgen. Das wirkte wie ein arbeitserleichterndes Übereinkommen, war es aber nicht, weil niemand seinen Teller abwusch oder hinterher sauber machte. Es hatte auch wenig Zweck, sich zu beschweren oder Regeln festzulegen. Es war immer Harriet, die die Dreckarbeit machte, das Haus in Ordnung hielt, sich um die Schlafzimmer, die Wäsche, die Rechnungen kümmerte und alles in Ordnung hielt außer donnerstags, wenn die Putzfrau die Fenster putzte und die schwereren Arbeiten übernahm.

Ich schaute auf die Uhr und entkorkte die nächste Flasche. Es war fast sieben Uhr, und sie waren eine halbe Stunde überfällig, aber sich darüber aufzuregen war sinnlos, weil es immer so war. Jeden Moment erwarteten wir, dass das Telefon klingeln würde und Dominic oder Denny oder Tina uns wissen ließen, sie kämen später, oder trocken mitteilten, sie kämen gar nicht. Auch das passierte immer wieder.

Wir tranken in pessimistischem Schweigen. Unsere Geduld war am Ende, und wir vermieden ein Thema, das uns schwer auf der Seele lag, die Unabhängigkeit unserer Kinder. Aber es war wirklich zu abgedroschen, als dass man noch darüber hätte reden können. Wir hatten das Thema totgeritten. Es war verdammt langweilig, voll Selbstmitleid die eigenen Fehler im Laufe der Jahre immer wieder hin und her zu drehen.

Aber wenn uns Alkohol über die Zungen lief, und Wein ganz besonders, schöpften Harriet und ich den Rahm von unseren Hirnen ab in einem grausamen Spiel, das wir manchmal trieben.

Als sie sagte, »findest du nicht, dass Denny einen wunderbar analytischen Verstand hat?«, wusste ich, das Spiel begann, und ich hatte große Lust dazu.

»Der Junge ist ein Genie«, antwortete ich. »Ein absolutes Genie«.

»Ein Schauspieler in der Familie!« Harriet weidete sich an dem Gedanken. »Wäre das nicht hübsch?«

»Wunderbar. Ein zweiter Frankie Avalon.«

»Vielleicht sogar ein Jackie Cooper.«

»Denny ist so feinfühlig, so dankbar für den kleinsten Gefallen. Ich glaube, das liebe ich am meisten an ihm.«

»Ich weiß, was du meinst«, antwortete ich. »Das ist seine größte Qualität. Aber, mein Gott, wir müssen zugeben – alle unsere Kinder haben das, diese Achtung vor ihrem Elternhaus, diesen Respekt vor Vater und Mutter.«

»Ich finde, Denny hat eine Belohnung verdient für seinen Abschluss in Theaterwissenschaften.«

»Er hat eine hervorragende Arbeit geschrieben. Was würdest du davon halten, wenn wir eine Hypothek auf das Haus aufnehmen und ihm einen Bentley kaufen? Ein Schauspielerauto! Das entspricht seiner Stellung!«

»Er würde so etwas nie annehmen. Er ist wie Tina, denkt immer zuerst an die anderen.«

»Oh ja, Tina!«, ich lächelte. »Was für eine Ehefrau wird sie Rick Colp sein! Was für eine Hausfrau, was für eine Köchin! Und wenn man bedenkt, dass sie alles hier zu Hause gelernt hat, weil sie immer ihrer Mutter geholfen hat!«

»Sie war eine wunderbare Schülerin. Noch nie habe ich jemand mit solcher Hingabe Teller abwaschen, Böden schrubben und Wände und Fenster putzen sehen. Sie liebt die Arbeit. So ein gewissenhaftes Mädchen. Immer blitzsauber.«

»Oh ich weiß. Ich kenne ihr Schlafzimmer am Morgen. Ein Schmuckkästchen. Keine Handtücher auf der Erde, keine verstreuten Kleider. Gott, hat dieser Rick Colp ein Glück!«

»Sie sind füreinander geschaffen, zwei verwandte Seelen.«

»Kinder der Natur, sie ziehen von Strand zu Strand; Rick surft und Tina führt den Haushalt. Sie essen Muscheln und Ritz Cracker, und nichts auf der Welt macht ihnen Sorgen.«

»Und wenn die Kinder kommen, legen sie sie in Hängematten in ihrem Haus auf Rädern.«

»Was ist mit uns?«, protestierte ich. »Warum können wir nicht die Kleinen versorgen?«

Sie seufzte: »Unsere eigenen Enkel füllen dieses Haus wieder mit Kinderlachen!«

»Bist du sicher, dass es dir nichts ausmacht? Die Windeln und all das?«

»Diese süßen kleinen Hintern. Ich wäre glücklich darüber!«

»Oh Jesus, Harriet! Ist das die Möglichkeit? Meinst du, sie würden uns tatsächlich ihre Kinder anvertrauen? Das ist die Erfüllung eines lebenslangen Traumes, die perfekte Art, unseren Lebensabend zu verbringen; den Kreis von Neuem beginnen und wieder eine Kinderschar großziehen.«

Wir verstummten ohne ein Lachen oder auch nur ein Lächeln, wir waren müde und still, und wir waren noch nicht am Ende. Da gab es noch Dominic zu bedenken.

»Dominic.«

»Wer?«

Mit ihm wollte sie unser Spiel nicht spielen. In seiner Zukunft lagen schwarze Frauen, und sogar Zynismus half da nicht weiter. So sicher, wie wir dort saßen, so sicher wussten wir, dass Dominic uns eines Tages eine schwarze Schwiegertochter präsentieren würde. Mir machte das nichts aus. Irgendwo unter meinen neapolitanischen Vorfahren hatte es bestimmt eine Schiffsladung von Nordafrikanern gegeben. Aber Harriet? Ihre Vorfahren stammten väterlicherseits aus London und mütterlicherseits aus Düsseldorf.

Gegen acht Uhr liefen sie allmählich ein. Jamie war der Erste. Er kam von der Arbeit, seine Verspätung hatte also einen Grund. Sein Semesterzeugnis hätte mit der gleichen Post kommen sollen wie das von Denny, und Harriet fragte, warum es nicht gekommen war.

»Ich weiß nicht«, sagte er.

Ich fragte: »Wie sind deine Noten?«

»Gut«, sagte er ausweichend und goss sich ein Glas Wein ein.

»Das sollten sie auch sein, wenn du nicht eingezogen werden willst.«

»Du brauchst mich nicht daran zu erinnern.«

Er hatte Probleme, aber es war sehr schwierig, von diesem Jungen Genaueres zu erfahren. Er war still und rätselhaft und nicht wie seine Brüder. Wenn er unter Druck gesetzt wurde, verschmolz er förmlich mit der Wand.

Dann kam Denny. Er holte einen Umschlag aus seiner gelben Taxifahrerkappe und gab ihn Harriet.

Es war ein Brief von Mr. Roper. Harriet wollte ihn nicht öffnen.

»Ich mag Mr. Roper nicht.« Sie gab ihn mir.

Ich machte ihn auf und las:

»Liebe Mrs. Molise. Ich danke Ihnen für Ihre hervorragende Arbeit über Bernard Shaw. Es ist mit Abstand die beste von einem Elternteil geschriebene Abschlussarbeit, die ich in meinen fünfundzwanzig Lehrerjahren gelesen habe. Unter uns gesagt, es ist mir ein Vergnügen, Ihnen dafür ein A zu geben. Meinen Glückwunsch. Mit freundlichen Grüßen, Thomas Roper.«

Harriet bekam Angst.

»Was meint er? Hast du Ärger, Denny?«

»Keinen Ärger, es ist nur peinlich.«

»Du hast ein B«, sagte ich. »Was willst du mehr?«

»Ich bin bloßgestellt worden. Ich bin ein Lügner. Die Wahrheit ist herausgekommen.«

»Oh verdammt, das wusstest du die ganze Zeit.«

Er beugte sich herunter und küsste Harriet.

»Ich weiß, du hast es gut gemeint, Mutter, aber du hast übertrieben. Du warst zu gut. Wie wäre es mit noch einem Gefallen?«

»Was meinst du damit?«, fragte ich.

»Ich möchte, dass ihr einen Brief an meinen zuständigen Offizier schreibt.«

Seine Unverschämtheit war verblüffend. Nun, wo er mit dem City College fertig war, schlug er vor, Harriet und ich sollten ihm helfen, aus der Reserve entlassen zu werden.

»Was für einen Brief?«

»Schreibt ihm, ich bin schwul.«

»Oh mein Gott!«, sagte Harriet.

Er redete vergnügt weiter: »Ich bin nicht wert, eine Uniform zu tragen, unmoralisch, ein schlechter Einfluss. Als Eltern mit gebrochenem Herzen erfüllt ihr eure patriotische Pflicht und stellt mich bloß.«

»Widerlich«, sagte Harriet.

»Natürlich ist es widerlich, aber es befreit mich von der Armee.«

Harriet drehte sich plötzlich um und schlug ihm ins Gesicht. Einen Augenblick lang verblüfft, rieb er sich die Backe.

»Mutter, du verstehst das falsch. Ich werde alles ableugnen.«

»Oh Gott, mein eigener Sohn!«

Sie sprang auf und lief aus der Küche.

»Sehr hübsch. Du weißt wirklich, das Beste aus deiner Mutter herauszuholen«, sagte ich.

»Es war doch nur ein Vorschlag. Ihr braucht es ja nicht zu tun.«

»Nur eine Frage. Bist du auch noch schwul?«

»Wie der Vater, so der Sohn«, lächelte er.

Vom Hof her klang ein schriller Schrei. Es war Tina. Wir rannten zur Vordertür hinaus und ergossen uns in die Nacht. Rick Colp war ans Tor genagelt, Stupid stand über ihm und stach mit seinem Schwert auf ihn ein mit ziellosen Stößen, die an seinen Jeans abglitten, weil er sich bückte, und Tina drosch mit ihrer Handtasche auf den Hund ein.

»Tritt ihm auf die Pfoten«, schrie ich.

Denny rast an uns vorbei und gab Stupid einen gewaltigen Tritt. Er tat dem Hund weh, und der jaulte und verzog sich keuchend und japsend auf den Rasen. Ich beugte mich zu ihm hinunter und streichelte ihn.
»Bist du verletzt, mein Kleiner?«
»Und was ist mit Rick?«, kreischte Tina. »Vielleicht ist er verletzt?«
»Verletzt, Rick?«
»Nee«, sagte er angewidert.
»Er hat es nicht so gemeint. Das ist die Hitze. Er ist ein Kaltwetterhund.«
»Das kann man wohl sagen«, meinte Rick. »Das letzte Mal, als er mich besteigen wollte, war es kalt und hat geregnet.«
Tina sagte: »Spar dir deine Worte. Das Einzige, woran ihm was liegt, ist dieser grässliche Hund.«
Sie nahm Rick am Arm und ging mit ihm ins Haus.
»Du musst diesen Hund wegschaffen, bevor er jemanden umbringt«, sagte Denny.
Ich ging dorthin, wo er neben dem Tor stand, und packte ihn an seinen Kragenaufschlägen. »Jetzt hör mir mal zu, egal ob du mein Sohn bist oder sogar mein Vater oder meinetwegen meine Mutter, oder wer auch immer – nie wieder trittst du meinen Hund! Habe ich mich deutlich genug ausgedrückt?«
»Absolut, Mann.«
»In Ordnung. Lasst uns essen.«
Wir gingen zurück ins Haus und zu einem Bild junger Liebe in der Küche. Rick saß und trank Scotch, während Tina sein sonnengelbes Haar kämmte. Beide waren unglücklich und in geheimem Einverständnis, und Tina warf mir einen tödlichen Blick zu. Ich sah, dass die Flasche aus dem Besenschrank stammte.
Das Telefon klingelte, und ich ging dran. Es war Dominic, der von der Zahlstation auf der Fernstraße anrief.

»Ist es in Ordnung, wenn ich einen Gast mitbringe?«, fragte er.
»Blond oder brünett?«
»*Sehr* brünett.«
»Ich weiß nicht, was deine Mutter meint, aber mir ist es recht.« Ich legte auf und stellte fest, dass Harriet neben mir stand und lauschte.
»Ist sie schwarz?«
»Sehr brünett«, sagte ich, und ihre Augen senkten sich resigniert. Die Kinder gingen mit einer Karaffe Rotwein und Gläsern ins Wohnzimmer. Harriet legte noch ein Gedeck auf den Esszimmertisch und kümmerte sich um das Essen. Sie hatte sich viel Mühe gegeben mit Tischkerzen, Blumen, ihrem besten Silberbesteck und Florentiner Gläsern für den Wein.

Dominics Gast war Kathy Dann. Sie war klein, hübsch und sah umwerfend aus in ihren schwarzen Lederhosen und kniehohen Stiefeln, geschmeidig wie eine Robbe und schwarz wie schwarzer Kaffee. Sie besaß einen aufsehenerregenden Hintern, und die Brüste unter ihrem grünen Hemdchen waren eine Herausforderung für den Betrachter. Ich beneidete Dominic. Ich war auch ein Hinternfetischist. Er stellte Kathy stolz Harriet vor.

»Hallo, Mama«, sagte Kathy und drückte ihr einen enthusiastischen Kuss auf.

»Wie geht es Ihnen?«, antwortete Harriet höflich und leise schwankend.

Kathy küsste auch mich und sagte »Hallo, Pappi!«. Das hätte sie ruhig weglassen können. Keiner hatte mich je zuvor Pappi genannt. Stolz wie ein Agent, der seinen Star begleitet, führte Dominic sie ins Wohnzimmer und stellte sie den anderen vor. Er kam zurück in die Küche und holte zwei Gläser, inzwischen drehte jemand die Stereoanlage auf, und die Supremes begruben uns alle unter sich.

Ich entkorkte den Wein und wendete den inzwischen labbrig gewordenen Salat ein paar Mal, während Harriet die Lasagne aus dem Ofen holte und in Vierecke schnitt. Sie bestreute sie mit einer Handvoll Romano-Käse, und ich roch den nostalgischen Duft der Vergangenheit in der weit entfernten Küche meiner Kindheit, wo mein Vater, in einer weit zurückliegenden Zeit, weinselig den Salat wendete. Es war eine schmerzhafte, unangenehme Erinnerung, eine Rückblende, die mich fast in Tränen ausbrechen ließ, und meine Seele würgte daran, weil ich nie Vater werden wollte, und da stand ich nun, war gleich vierfacher Vater, und die Piazza Navona war so weit weg wie ein unerreichbarer Planet.

Endlich war alles bereit, und Harriet sagte: »Hol sie zum Essen.«

Ich ging ins Wohnzimmer, wo mich die Supremes mit ihrem Getöse attackierten. Der Raum war verlassen, halb leere Gläser standen auf Kaminsims und Couchtisch. Sie waren weg. Von draußen hörte ich Stimmen. Ich öffnete die Haustür.

Alle sechs gingen gerade zum Tor hinaus.

»Essen«, rief ich.

Sie starrten mich schweigend an.

»Wir haben keinen Hunger«, sagte Jamie.

»Es ist zu heiß zum Essen«, fügte Denny hinzu.

»Wir gehen zum Strand, wir essen später«, sagte Dominic.

»Das könnt ihr doch nicht machen«, brüllte ich. »Alles ist fertig.«

Sie verschwanden in der Dunkelheit in Richtung der Tore zum Strand. Der Letzte, der ging, war Jamie; er lockte Stupid, und mit einem Satz des Entzückens verschwand auch der Hund.

10 Wir zündeten die Kerzen an und nahmen Platz am Begräbnis, der Sarg mit der Lasagne stand zwischen uns. Es flossen keine Tränen über den schmerzlichen Verlust. Keine Gefühlsausbrüche. Wir brauchten einander in dieser Stunde, und wir blieben tapfer und ruhig. Etwas Heroisches umwehte Harriet, mit tragischem Edelmut trank sie den gekühlten Wein in großen Schlucken und schämte sich nicht, zu lächeln. Sie füllte ihr Glas aufs Neue und trank wieder, und ich dachte, sie trinkt zu hastig, zu trotzig.

Sie schaute mich an und sagte: »Du trinkst zu hastig.«

Die Lasagne war zu lange im Ofen gewesen, die Soße an den Rändern schwarzgebrannt. Der Salat war lasch, die Zucchini zu Brei verkocht. Ich stocherte im Essen herum und betrachtete meine Frau. Ihr Gesicht war rund wie ein Mond, weil sie zehn Pfund Übergewicht hatte und auf Diät war. Aber heute Abend aß sie mit Hingabe, nahm schnell volle Gabeln und kaute laut. Jetzt war nicht der richtige Zeitpunkt für Kritik, und ich ließ es durchgehen.

»Musst du so viel Krach machen, wenn du kaust?«, fragte sie.

Plötzlich fühlte ich mich beleidigt und verletzt und betrachtete sie voll Kälte. Wer war diese Frau? Abgesehen davon, dass sie meine Frau war, was wusste ich von ihr nach fünfundzwanzig Jahren Ehe? Wie viel von ihr und wie wenig von mir hatte sich an unsere undankbaren Kinder vererbt? Außer Tina hatten alle ihre Augen, ihren Knochenbau und ihre Zähne. Warum waren sie nicht klein und stämmig wie ihr Vater? Warum sahen sie eher aus wie Verkäufer und nicht wie Steinmetze? Wo waren die bäuerliche Robustheit meines Vaters und die Unschuld meiner Mutter, die warmen, braunen Italieneraugen? Warum redeten sie nicht mit den Händen und ließen sie stattdessen wie tot hängen während der Unterhaltung? Wo war die italienische Treue und Ergebenheit gegenüber dem Vater, die familienbewusste Liebe zu Heim und Herd?

Alles, alles war vorbei. Dies waren nicht meine Kinder. Sie waren nur vier Samen, denen in einem dunklen Uterus aufgelauert worden war. Es waren ihre Kinder, entsprungen aus der Mischung von englischen und deutschen Stämmen, die aus New Hampshire und Deutschland nach Kalifornien gekommen waren. Noch dazu Protestanten. Ein Haufen schräger Vögel – um es milde auszudrücken. Ihr Onkel Sylvester zum Beispiel, ein Friedensrichter, der Zither spielte, während er auf dem Richterstuhl saß und grausame und unmenschliche Urteile über Verkehrssünder fällte, die das Pech hatten, in einer halb vergessenen Stadt irgendwo in Amador County in die falsche Straße eingebogen zu sein. Oder ihr Cousin Rudolph in Mill Valley, von dem nur im Flüsterton gesprochen wurde und der regelmäßig an Alexander Hamilton schrieb und ihn vor Aaron Burr und dessen Mordplänen warnte.

Unter meinen Vorfahren gab es nichts dergleichen. Die kamen aus der sonnigen, italienischen *Campagna* und waren ehrliche, gottesfürchtige Bauern. Meine Mutter war Maria Martini und mein Vater Nicola Molise. Einfache, unkomplizierte Leute, die zurückgehen bis auf Julius Cäsar.

Aber wer, verdammt, waren die Athertons aus Rumney, New Hampshire, oder die Steinhorsts aus Hamburg, Deutschland?

Ich hatte ihre Namen auf Grabsteinen in Placer County gelesen. Eben und Ezekiel und Reuben Atherton. Hans und Carl und Otto Steinhorst. Metzger, Bäcker, Schmiede. Warum hatte ich so wenig von diesen Vorvätern gehört? Vielleicht, weil sie große Ähnlichkeit hatten mit Onkel Sylvester und Cousin Rudolph? Und, nun mal ehrlich, waren nicht Dominic und Denny genau wie sie?

Ich trank Wein, zündete mir eine Zigarette an und beschloss, die Sache etwas gründlicher zu untersuchen.

»Übrigens, wie geht es Onkel Sylvester?«

Das kam direkt aus der rechten Ecke und überraschte sie.

»Onkel Sylvester?«

»Du weißt schon – dieser Gauner von einem Friedensrichter.«

»Wie soll ich das wissen? Der ist wahrscheinlich inzwischen gestorben, und er ist kein Gauner.«

»Hast du den Kindern von ihm erzählt?«

»Ich glaube schon – warum?«

»Wissen ist besser als Ahnungslosigkeit.«

»Was soll das heißen?«

Ich zuckte die Achseln. »Nichts. Gar nichts. Was ist mit Cousin Rudolph? Hast du von dem was gehört in letzter Zeit?«

Sie spürte die näherkommenden Turbulenzen und stand auf.

»Ich gehe an den Strand«, sagte sie, band ihre Schürze ab und ging schnell aus dem Zimmer.

»Warte auf mich.«

Sie wartete am Tor, und wir gingen gemeinsam die Straße hinunter, die Hitze aus der weit entfernten Wüste lag auf unseren Gesichtern. Ein rötlicher Dreiviertel-Mond durchbohrte den Himmel im Osten.

11 Etwa fünfzig Leute waren über den kleinen Strand mit seinen hohen Specksteinklippen verstreut. Hier unten war es ein paar Grad kühler und das Rauschen der hereinrollenden Wellen machte es noch angenehmer. Hier und da brannten kleine Feuer, und Musik klang aus Kofferradios. Das Meer war grau wie der Rücken eines Hais und die Gischt so weiß wie ein Haibauch. Wir zogen die Schuhe aus und durchpflügten den Sand bis zu der Bucht, wo Tina, Rick und Denny um ein Feuer aus Treibholz saßen. Als ich mich hinsetzte, fühlte ich etwas Hartes unter mir. Es war einer von Kathys Stiefeln. Sie und Dominic waren draußen in der Brandung, aber wir konnten sie im Dunstschleier der Brecher nicht sehen. Mein erster Gedanke galt dem Hund.

»Der ist mit Jamie am Strand entlanggegangen«, sagte Rick.

Harriet ließ sich neben mir nieder. Als wir näherkamen, hatte es hier noch Gelächter und Gespräch gegeben, aber nun herrschte Stille, und sie ließen uns erfrieren. Ich sah, dass Rick und Denny Gras rauchten. Auch Harriet bemerkte es.

»Seid vorsichtig«, warnte sie. »Der Sheriff läuft dauernd Streife hier am Strand.«

Die beiden lächelten milde wie weise alte Männer.

»Willst du einen Joint, Paps?«, fragte Denny.

»Nein danke.«

»Und du, Mutter?«

Es war lächerlich, und er wusste es.

Ich sagte: »Deine Mutter raucht kein Gras, also hör auf, hier den Schlauberger zu spielen.«

»Dieses Zeug ist pures Gold, Paps. Willst du nicht probieren?«

»Nein danke.«

»Es tut dir wirklich nichts Böses, Mann.«

»Hör mal zu, ich habe schon Gras geraucht, bevor du auf der Welt warst; damals konnte man noch eine Prinz-Albert-Dose voll für vier Dollar kaufen.«

»Ach, die gute alte Zeit«, stichelte er. »Erzähl uns mehr davon.«

»Da gibt es nicht viel zu erzählen. Gras ist bewusstseinserweiternd für Leute mit Schrumpfhirn. Du brauchst es, weil du ein Trottel bist.«

»Vielen Dank.«

Er drückte seine Zigarette im Sand aus, zog Schuhe und Strümpfe aus und stampfte ins Wasser. Harriet schaute ihm mit feuchten Augen nach.

»Das war nicht sehr nett«, sagte sie.

Ich stand auf und folgte ihm. Er drehte sich zu mir um, als ich durch die hereinrollende Flut auf ihn zukam, drehte sich dann wieder weg und ging weiter am Strand entlang. Ich holte ihn ein und legte ihm den Arm um die Schultern. Er schüttelte mich ab.

»Lass mich in Ruhe.«

»Es tut mir leid.«

»Das ist wieder typisch, es tut dir leid. Es tut dir immer hinterher leid, wenn du jemanden beleidigt hast. Du sorgst erst dafür, dass du jemanden verletzt, und dann tut es dir leid.«

»Ich versuche, ehrlich zu sein.«

»Ehrlich! Du bist so unaufrichtig wie eine Schlange, du windest dich und redest, bis du deinen Kopf durchgesetzt hast. Du bist der heuchlerischste Bastard, den ich je gesehen habe.«

Ich wollte schon wieder sagen, es tut mir leid, konnte mich aber gerade noch bremsen. Wir stapften etwa vierzig Meter nebeneinander, unsere weißen Füße in der dünnen Stickerei aus Schaum, die über den schwarzen Sand wischte. Schließlich kamen wir an ein Boot, das an Land gezogen war. Seetang und Abfall waren darum herum verstreut. Er wollte mich nicht in seiner Nähe haben, aber ich blieb stur stehen, als er sich gegen das alte Boot lehnte und eine Zigarette anzündete. Ich wusste nicht, was ich ihm sagen sollte, und er wusste nicht, was er mit mir reden sollte.

»Komm, wir gehen zurück«, sagte ich.
»Ich habe dich satt, Paps.«
»Oh?«
»Ich will, dass du aufhörst, mich einen Trottel zu nennen. Seit ich mich erinnern kann, seit der Zeit im Kindergarten, hast du mich einen Trottel genannt. Warum hältst du nicht endlich deinen Mund?«
»In Ordnung.«

Vielleicht war es das Gras. Vielleicht waren es der Durchbruch seiner Wut, der heiße Abend und die merkwürdigen Umstände, die uns in diesem Moment zusammengebracht hatten. Vielleicht wollte er es seit Jahren sagen und war nie im richtigen Augenblick in der richtigen Stimmung gewesen. Aber jetzt sagte er es, und es klang wie ein sorgfältig vorbereitetes Urteil, das er für den passenden Zeitpunkt aufbewahrt hatte.

»Paps, du bist ein saumäßiger Schriftsteller.«

Das konnte nicht mein Sohn Denny sein. Es musste an dem Marihuana liegen, genauso wie es damals, als ich zwanzig war, bei meinem Vater und mir der Wein war. Jahrelang hatte er mich fertiggemacht, und am Weihnachtsabend, als ich vor Wein rot sah, habe ich ihn zum Duell gefordert. Wir haben es ausgetragen auf unserer Veranda vor dem Haus in North Sacramento, haben uns im Dreck gewälzt, getreten, gewürgt und verflucht, bis die Nachbarn uns trennten.

Es war also wieder Weihnachtsabend.

»Ich finde, Mutter schreibt besser als du. Ich habe deine Romane gelesen. Das ist abgedroschener, rührseliger Mist, von deinen Drehbüchern ganz zu schweigen.«

»Die Drehbücher sind nicht besonders«, gab ich zu.

»Warum bist du Schriftsteller geworden, Paps? Wie, verdammt noch mal, hast du es je geschafft, gedruckt zu werden?«

»Ach Scheiße, so schlecht bin ich nicht! H. L. Mencken fand mich ziemlich gut. Er hat mich als erster gedruckt.«

»Du stinkst, Paps, ehrlich.«

»*The Tyrant* ist kein schlechtes Buch. Es hat gute Kritiken bekommen.«

»Wie viel Exemplare sind davon verkauft worden?«

»Nicht viele, aber es ist ein ziemlich guter Film geworden.«

»Hast du ihn mal in letzter Zeit im Fernsehen gesehen?«

Das überhörte ich. »Sonst noch was?«

»Noch eins«, sagte er. »Du bist ein Wichser.«

»Das passt.«

Er warf seine Zigarette weg, und wir gingen zurück zu den anderen.

»Was für ein gutes Gefühl für einen Mann, wenn er die Hochachtung seiner Kinder besitzt«, sagte ich. »Danke für all die netten Dinge, die du mir heute Abend gesagt hast.«

»Es war mir ein Vergnügen, Paps.«

12 Wir kamen gerade in dem Augenblick zurück zum Feuer, als Dominic und Kathy Hand in Hand aus dem Wasser kamen, nackt und tropfnass. Harriets Gegenwart verwirrte Dominic, er bedeckte seinen Schwanz mit beiden Händen, ging hinter ihr zu seinen Sachen und zog schnell seine Hosen an.

Kathy schlenderte zum Feuer und hieß mit ausgestreckten Armen die Wärme willkommen. Sie hatte einen unglaublichen Körper, geschmeidig und muskulös, Salzwassertropfen hingen an ihrer krausen kleinen Möse. Harriet versuchte nicht hinzusehen, und Kathy lachte über ihre Schüchternheit.

»Schaut euch Mama an. Na so was, sie ist verlegen. Stimmt's, Mama?«

»Sollte ich das nicht sein?«

»Nicht, wenn du ein bisschen Ähnlichkeit hast mit deinem Sohn Dominic.« Kathy lachte.

Das verletzte Harriets Gefühle. Sie stand auf und schüttelte sich den Sand aus den Kleidern. Ihr Zorn war tödlich und kontrolliert, ihre Worte kamen kühl und schneidend.

»Ich denke, ich gehe zurück ins Haus.«

Ich wollte ihr gerade nachgehen, als Stupid aus der Dunkelheit angerannt kam, sein Fell war voll Wasser und Sand. Er warf sich atemlos Rick zu Füßen und starrte ihn hingebungsvoll an. Dann kam Jamie angelaufen, er war aufgeregt und erschrocken.

»Was ist passiert?«, fragte ich.
»Dieser blöde Hund. Er hat gerade einen Typen angesprungen.«
»Gebissen?«
»Nein, nur bestiegen.« Er schaute sich um. »Da kommt er schon.«
   Harriet sah den Mann.
»Auf ein Neues«, sagte sie und ging.
   Der Mann trug Shorts und ein Hawaiihemd. Er war fünfzig und stämmig, und seine behaarten Beine waren so dick wie Baumstämme. Und er schäumte vor Wut. Er warf Jamie einen wütenden Blick zu.
»Ihr Sohn?«
   Ich nickte.
»Ihr Hund?«
»Ja.«
»Sie heißen, Mister?«
»Und Sie?«
»Mein Name ist John Galt. Wer sind Sie?«
»Henry Molise.«
»Neu in dieser Gegend, Molise?«
»Wir sind gerade hergezogen. Vor zwanzig Jahren. Was ist los?«
»Ich werde Ihren Hund anzeigen.«
»Weswegen?«
»Er hat versucht, mich zu bumsen.«
»Jetzt halten Sie aber mal die Luft an. Das macht er bei jedem.«
»So? Interessant.«
»Er ist einfach verspielt.«
»Ein zweihundert Pfund schwerer Hund will mich bumsen, und Sie nennen das Spielen?«
»Er wiegt nur hundertzwanzig.«

»Es ist mir egal, was er wiegt. Ich werde dafür sorgen, dass er hinter Gitter kommt.«

Ich sah ihn mir genau an, die haarigen Beine, die knotigen Knie, der dicke Bauch, das idiotische bedruckte Hemd. »Hat er Sie gebissen? Zeigen Sie mir die Bissspuren! Ich sehe kein Blut. Haben Sie Schmerzen? Hat er Sie tatsächlich verletzt?«

»Nein …«

»Dann gibt es auch kein Problem.«

»Verdammt, da gibts auch keins«, sagte John Galt. »Ich bin Anwalt und weiß, was ich sage.«

Das kühlte mich ab. Ich schaute ihn mir noch einmal an, und er war größer, als ich angenommen hatte. »Mr. Galt, tut mir leid, dass das passiert ist. Der Hund ist sonst immer eingesperrt, aber heute Abend ist er weggelaufen, und wir haben seit Stunden nach ihm gesucht.«

Galt lächelte, als er seine Macht spürte.

»Sie schaffen ihn besser nach Hause und binden ihn an.« Er verschränkte die Arme.

»Stimmt«, sagte ich zu Jamie gewandt. »Bring ihn heim, Junge.«

Von mir angeekelt hielt Jamie den Hund fest. Ich streckte Galt die Hand hin. »Tut mir leid, Mr. Galt.«

Er weigerte sich, mir die Hand zu geben, und meine Hand hing in der Luft wie ein toter Vogel. Jamie und ich griffen nach Stupids Halsband und gingen den Weg hinauf zur Straße. Als ich mich umdrehte, sah ich, wie John Galt uns mit verschränkten Armen beobachtete. Er sah aus wie eine Bulldogge, die alle Kämpfe gewonnen und alle anderen Hunde vertrieben hatte.

»Feigling«, sagte Jamie.

»Stimmt, so heiße ich. Henry Feigling Molise.«

13 Zuhause fand ich Harriet im dunklen Schlafzimmer, ruhelos und unglücklich. Ich setzte mich auf die Bettkante.
»Diese schwarze Hexe«, sagte sie.
»Denk nicht mehr daran.«
»Warum? Was habe ich ihr getan?«
»Sie hat dich auf den Arm genommen. Das ist ein Spiel, was die miteinander spielen.«
»Und Dominic hat es ihr durchgehen lassen. Er hat kein Wort gesagt. Ich habe ihn satt. Ich habe alle meine Kinder satt.« Sie war gekränkt und wandte sich ab. »Meine arme Lasagne. Ich habe den ganzen Tag daran gearbeitet.«
»Denk nicht mehr daran. Nimm eine Tablette.«
»Gib die Lasagne dem Hund. Ich koche nie wieder ein Essen, so wahr mir Gott helfe.«

Ich ließ sie unglücklich in die Dunkelheit starren und ging ins Esszimmer. Die riesige Lasagne sah aus wie ein zusammengefallener Kuchen, die traurige Erinnerung an einen verunglückten Abend. Ich trug sie auf den Rasen hinterm Haus und rief nach Stupid. Er setzte sich, hielt die Platte mit seinen Vorderpfoten fest und schlang die Lasagne mit ein paar großen Bissen herunter.

Es war elf Uhr abends, immer noch heiß und zu früh fürs Bett. Ich ging in mein Arbeitszimmer und knipste das Licht über dem Schreibtisch an. Inzwischen hatte ich siebzig Seiten, etwa 20.000

Worte auf gelben Seiten ordentlich vor mir gestapelt. Während des Schreibens hatte ich kein einziges Mal zurückgeschaut, hatte mich auf meinen Instinkt verlassen. Nun beschloss ich zu lesen, was ich geschrieben hatte.

Ich bekam einen fürchterlichen Schock. Ich spürte den Schlag im Magen und in den Nieren, die schiere Panik kroch mir den Rücken hoch und ließ mir die Haare zu Berge stehen. Dies war überhaupt kein Roman. Es war als Roman gedacht, war aber in Wirklichkeit ein ausführliches Treatment für ein Drehbuch, eine platte, sterile, eindimensionale Blaupause für einen Film. Überblendungen und Kamerawinkel und sogar ein paar Abblenden standen auf dem Papier. Ein Kapitel begann: »Totale – Wohnhaus – Tag.«

Vor fünfundzwanzig Jahren hätte ich diesen Berg gelber Seiten in beide Hände genommen und beherzt in Stücke gerissen. Heute besaß ich weder den Mut noch, was das anging, die Kraft in den Händen.

Also war, wie es allen Männern geschieht, der Tod zu Henry J. Molise gekommen. Das Drama war vollendet. Molise würde nie wieder schreiben. Molise, von der Kritik gefeiert wegen der vier Romane seiner Jugend, nun mehr tot als lebendig in Point Dume.

Bekanntlich verrückt, unter Magengeschwüren leidend, geht nicht mehr zu den Treffen der Writer's Guild, ist regelmäßig im Getränkeladen oder auf dem Arbeitsamt anzutreffen. Oder am Strand mit einem riesigen, idiotischen und gefährlichen Hund. Auf Partys eine langweilige Nervensäge, redet dauernd von der guten alten Zeit. Betrinkt sich jeden Abend, während er im Fernsehen die Talkshows anschaut. Stritt sich endlos mit seinem Agenten und hat jetzt keinen mehr. Redet wie besessen von Rom. Wandert ziellos in seinem Hof herum und vernichtet Bälle mit dem falschen Golfschläger. Verachtet von seinen vier Kindern.

Der älteste Sohn lehnt die weiße Rasse ab und wird Schwarze heiraten. Zweitältester lebt von Unterstützung und versucht, Schauspieler zu werden. Dritter Sohn zu jung, um zur Auflösung der Familie beizutragen. Tochter verliebt in einen Nichtstuer. Treue Frau sorgt für sein persönliches Wohlergehen, bereitet gesunde Mahlzeiten aus Pudding und weich gekochten Eiern, hilft ihm häufig zum Klo.

Ich zündete mir eine Pfeife an, ging hinaus in den Innenhof und ließ mich auf einen Stuhl fallen. Die heiße Nacht wirkte an der Oberfläche sehr ruhig, aber darunter lag der gewalttätige Aufschrei der Brandung, das Zirpen der Grillen, Zwitschern der ruhelosen Vögel, Piepsen der Eichhörnchen, das Heulen der erleuchteten Flugzeuge, Knistern der Fichten und das unheimliche Gefühl von Feuer in der Luft.

Wieder begann mich die unlösbare und grundsätzlichste Frage meines Lebens zu peinigen. Was, verdammt noch mal, tat ich auf diesem kleinen Planeten? Fünfundfünfzig Jahre für so etwas? Es war absurd. Wie weit nach Rom? Zwölf Stunden? Neapel war auch schön. Positano. Ischia. War das das Ende meines Lebens, in einem wie ein Ypsilon gebauten Haus in Point Dume? Gott erlaubte sich einen Scherz mit mir.

Auf geräuschlosen Pfoten tauchte Stupid aus der Dunkelheit auf. Er betrachtete mein baumelndes Bein und dann mich und berechnete die Chancen. Dann versuchte er, das Bein zu vögeln. Ich zog es unter ihm weg. Enttäuscht legte er seine Schnauze auf meinen Schoß, und ich kraulte ihm die Ohren. Ich brauchte Hilfe. Oh Gott, wenn der Hund doch sprechen könnte! Wenn ich mit meinem schönen Rocco hätte sprechen können, wie anders wäre mein Leben vielleicht verlaufen!

Rocco, ich brauche deinen Rat.

Was ist los, Boss?

Ich bin nicht glücklich. Ich will mein ganzes Leben umkrempeln. Neu anfangen. Weggehen von hier.

Tu es, Mann. Folge der Stimme deines Herzens. Geh, wohin es dich treibt.

Was wird aus meiner Frau und den Kindern?

Verlass sie. Wage es. Es ist deine letzte Chance. Es gibt keine zweite Runde.

Ich wollte, ich könnte dich mitnehmen, mein Junge.

Du wirst mir auch fehlen.

Ich schick' dir was. Ein paar Taralla. Italienische Hörnchen, aber süß.

Sei frei, Boss. Nur das zählt.

Von der anderen Seite des Hauses klangen Stimmen herüber, die Kinder kamen vom Strand zurück. Stupid rannte los, um sie zu begrüßen. Im nächsten Moment gellte ein Schrei, der einzige dieser Art auf der Welt, Tinas Schrei. Ich rannte durchs Haus zur Vordertür, wusste, was sich abspielte, ohne es zu sehen.

Man sollte meinen, dass ein ehemaliger Soldat des Marine Corps, der die Urwälder von Vietnam durchstreift hatte, ausgezeichnet worden war wegen Tapferkeit vor dem Feind in Pleiku und Binh Dinh und verwundet in Qui Nhon, dass der wissen würde, wie er die liebevolle Umarmung eines verspielten Hundes abwehren könnte. Nicht so Rick Colp. Da stand er wieder ans Tor genagelt, und Stupid hing über ihm.

Wieder war es Denny, und wieder brachte es mich in Wut, weil er Stupid in den Bauch trat, nicht einmal, sondern dreimal. Ich brüllte ihn an und rannte meinem Hund zu Hilfe. Das war dieses Mal nicht notwendig. Das gequälte Geschöpf wand sich vor Schmerz, und seine Zähne gruben sich in Dennys Bein. Der schrie auf und ging in die Knie, während der Hund sich mit schlechtem Gewissen aufrichtete und in der Dunkelheit verschwand. Denny schob sein Hosenbein hoch, und wir standen um ihn herum und untersuchten mehrere Löcher in Schienbein und Wade.

»Nichts Schlimmes«, sagte ich. »Tut's weh?«

»Der Schlag soll dich treffen!«

Er stand auf und humpelte ins Haus. Rick und Dominic halfen ihm, die anderen folgten. Jamie blieb bei mir, als ich Stupid auf den Rücken drehte und seinen Bauch nach Blutergüssen absuchte. Er war in Ordnung.

»Du hast es gesehen«, sagte ich. »Es war Notwehr. Der Hund hatte keine Wahl.«

»Ich weiß nicht. Er hat heute Abend zwei Leute besprungen.«

Mir machte etwas anderes Sorgen.

»Warum wird Rick Colp mit diesem Hund nicht fertig? Wovor hat er Angst?«

»Wovor er Angst hat? Dass er durchdreht und Stupid umbringt. Das hat er mir selbst gesagt.«

Ein ernüchternder Gedanke. Wir gingen in die Küche. Harriet war im Bademantel, hielt Dennys Fuß auf dem Schoß und versorgte die Bisswunden. Sie wusch sie mit Wasser und Seife aus. Ich schaute zu, wie sie Wundpuder auftrug und einen Verband anlegte.

»Keine Tollwutgefahr«, sagte ich. »Er ist geimpft.«

Denny lächelte gequält. »Das ist die beste Neuigkeit seit Wochen. Jetzt kann er jeden in Point Dume zerkauen.«

»Ich habe die Lösung!«, sagte Tina.

Ich wartete.

»Lass ihn kastrieren!«

Ich war geschockt. »Das ist der lebende Tod. Eher soll er von mir aus tot und begraben sein.«

»Dann ist ja gut«, sagte Rick Colp.

»Was soll das heißen?«

»Das einzig Humane, was man mit einem schwulen Hund machen kann, ist, ihn aus seinem Elend zu erlösen.«
»Es gibt keinen Beweis dafür, dass er schwul ist. Er hat einfach noch nicht die richtige Hündin gefunden.«
Sie brüllten mich höhnisch nieder, dann folgte eine geballte Ladung eisigen Schweigens, während sie mich anstarrten.
»Ich muss mit dir reden, Paps«, sagte Tina.
Sie marschierte aus der Küche, und ich folgte ihr auf den Innenhof. Sie bebte, ihre Augen loderten vor Entschlossenheit, sie konnte kaum erwarten, es auszuspucken.
»Ich habe mich entschieden. Entweder der Hund geht oder ich!«
»Wohin?«
»Das ist mir egal. Ich habe furchtbar viel Geduld aufgebracht und Rick auch. Sorg dafür, dass der Hund verschwindet, oder ich gehe!«
Sie hatte die Intensität eines Mädchens, einer völlig aus dem Bauch heraus handelnden jungen Frau, die dazu neigte, unerwartet zu explodieren, zu schreien und mit Gegenständen zu werfen. Und sie setzte immer ihren Kopf durch. Ihre Drohung war bedeutungslos. Wenn ich Stupid weggab und ihr der Sinn danach stand, würde sie trotzdem gehen. Wenn ich die Wahl hatte zwischen Tochter und Hund, musste ich mich, wenn auch mit Bedauern, für meinen Hund entscheiden. Sie ließ mir wirklich keine Wahl. Sie wollte einfach nur den Hund aus ihrem Leben verschwinden lassen.
»Die Entscheidung liegt bei dir«, sagte ich. »Meinen Hund gebe ich nicht auf.«
Sie stürmte an mir vorbei ins Haus.

14 Am nächsten Tag bekam Denny Penicillin und kehrte mit Krücken aus der Arztpraxis zurück. Etwas an ihm hatte sich verändert, er strahlte eine lächelnde Gelassenheit aus, eine Toleranz, die nicht üblich ist bei einem jungen Mann, der mit der Welt in Fehde liegt.

Ich schaute bedrückt die Krücken an.

»Nimm es nicht so schwer«, lächelte er. »Alles in Ordnung.«

Der Doktor hatte ihm geraten, das verletzte Bein drei oder vier Tage nicht zu belasten, aber Denny bestand darauf, arbeiten zu gehen.

»Kein Problem. Ich steige sowieso nie aus dem Taxi.«

Die Fröhlichkeit war verwirrend, aber auch erfrischend, und Harriet fand ihn sehr tapfer. Als wir zur Garage gingen, blieb er auf seine Krücken gestützt stehen, um Stupid zu begrüßen, und kraulte ihm die Ohren.

»Guter Hund«, sagte er.

Er warf die Krücken in den Kofferraum seines klapprigen Buicks, lehnte meine Hilfe ab und schob sich hinters Lenkrad. Er küsste Harriet, sagte »bis dann« zu mir und ratterte die Straße hinunter.

»Ein richtig netter Junge«, sagte ich. »Ich habe ihn ganz falsch eingeschätzt.«

Drei Tage später kam er in seiner Uniform aus dem Zimmer auf dem Weg zur regelmäßigen Reserveübung alle zwei Monate in Fort MacArthur. Er ging immer noch an Krücken.

»Vergiss es«, sagte ich. »Wer kann einen verkrüppelten Soldaten gebrauchen? Du kannst nicht marschieren. Du kannst nicht exerzieren. Bleib zu Hause, und lass dir vom Arzt ein Attest schreiben.«

»Die Pflicht ruft.«

Er ließ sein rechtes Bein zwanzig Zentimeter über dem Boden baumeln.

»Tut es weh?«

»Was ist schon ein kleiner Schmerz?«

Das klang unecht, aber ich sagte nichts.

Zwei Wochen später humpelte er immer noch an Krücken, in Frieden mit Mensch und Tier gleichermaßen, lächelte wie der heilige Franziskus, und ein durchgeistigtes Leuchten lag auf seinem ruhigen Gesicht, als er über das Meer auf den Horizont schaute.

»Was macht das Bein?«

»Alles verheilt.«

Er zog das Hosenbein hoch und zeigte mir die harten Narben.

»Warum die Krücken?«

»Es tut noch weh, wenn ich das Bein belaste.«

»Was sagt der Arzt?«

»Ein merkwürdiger Fall. Er schickt mich zu einem Neurologen.«

»Wirklich merkwürdig.«

Der Neurologe fand es erstaunlich und empfahl, die Behandlung fortzusetzen.

»Bestimmt ist es kein Dauerschaden«, sagte Harriet.

»Man kann nie wissen, Mama. Man muss es nehmen, wie es kommt.«

Wir saßen gerade in der Küche und tranken Kaffee, die Krücken lehnten neben ihm an der Wand.

»Naja«, sagte ich. »Das ist auch ein Weg, um endlich aus der Armee entlassen zu werden.«

Unsere Blicke kreuzten sich.

»Ich will nicht entlassen werden. Das hat sich alles geändert. Ich mag die Armee. Sie hat viel Spaß gemacht.«

Es war eine einfache Feststellung, ohne jede Falschheit, mit Überzeugung vorgetragen, der Sophismus eines begabten Schauspielers.

»Gut für dich«, sagte seine Mutter.

»Ich habe vor, die vollen sechs Jahre Dienst zu machen. Die Armee bietet viele Möglichkeiten, und ich werde sie nutzen.«

»Was ist mit deiner Schauspielerei?«, fragte ich.

»Vergessen. Ich will zur Ruhe kommen, erwachsen werden. Ich will ein nützliches Leben führen.«

»Die Armee kann keine Krüppel gebrauchen. Wenn du nicht von diesen Krücken wegkommst, wirst du entlassen.«

»Ich schaffe es schon. Gib mir Zeit.«

Unsere Blicke kreuzten sich noch einmal. Jesus, was für ein Lügner.

15 Drei Wochen später machten sich Rick Colp und Tina auf den Weg. Es kam nicht überraschend. Tagelang hatte Colps Bus in der Einfahrt gestanden, während sie Vorbereitungen für den Abschied trafen. Tina kaufte Mengen von Stoff für geblümte Vorhänge und passende Sitzbezüge. Sie nähte den Stoff zusammen, während er draußen den Motor ausbaute und überholte. Er legte auch Leitungen im Bus für zwei Lautsprecher zum Kassettenrekorder. Die Surfbretter wurden auf dem Dach des Gefährts angebracht.

Etwas von dem Feuer und der Romantik legte sich, als ihnen klar wurde, dass wir nicht gegen ihr gemeinsames Fortgehen protestierten. Es war wirklich der einzige Weg, damit umzugehen, weil sie fest entschlossen waren, und wir hätten sie mit nichts daran hindern können. Und sie schliefen schon seit Monaten miteinander, warum also jetzt damit aufhören? Wir nahmen an, sie würden eines Tages heiraten, aber auch das wurde nicht erwähnt, damit Rick nicht vor elterlichem Druck fliehen musste. Der einzige Eingriff in ihre persönliche Freiheit war eine Extrapackung Antibabypillen, die Harriet in Tinas Koffer schmuggelte.

Zum Abschied versammelten wir uns in der Einfahrt, und Harriet weinte, aber ich hatte kein Problem damit, ruhig und trockenen Auges zu bleiben. Von Anfang an hatte ich nie zur Welt meiner Tochter gehört. Sie war immer wild gewesen bis zur

Haltlosigkeit, und es gab nur eine funktionierende Strategie – ihr in allem ihren Willen zu lassen. Als ich sie nun ansah in weißen Jeans und einer roten Bluse, ihre Haare zu Zöpfen geflochten und ihr schönes, engelsgleiches Gesicht, hinter dem die Veranlagung zur Wildkatze so gut verborgen war, da dachte ich mir, wie schade, dass wir Fremde sind. Sie hatte nichts gegen mich. Sie liebte mich, hielt mich aber für einen Störenfried.

»Passen Sie gut auf Ihren Hund auf.«

Stupid lag auf dem Steinboden und starrte Colp unter schweren Lidern anbetend an. Rick ging zu ihm und stupste ihn sanft mit der Spitze seines Mokassins. »Machs gut, Stupid.«

Der Hund stand auf, ging zum Hinterrad des Busses, hob sein Bein und pinkelte auf die Radkappe. Seine Art, Territorium abzustecken.

Ich küsste Tina.

»Wann werden wir dich wiedersehen?«

»Wer weiß«, seufzte sie. »Irgendwann.«

»In welche Richtung fahrt ihr denn?«

»Nach Norden.«

»Big Sur?«

»Vielleicht.«

Wir wussten nichts über Ricks Finanzlage, aber Tina hatte die sechshundert Dollar abgehoben, die sie auf dem Sparbuch hatte, es gab also keinen Grund, sich über grundlegende Dinge wie Essen und Wohnen Sorgen zu machen, zumindest vorläufig nicht. Ich dachte mir, die lassen sich treiben, bis das Geld alle ist, und kommen dann nach Point Dume zurück.

Mutter und Tochter weinten bei ihrer letzten Umarmung. Tränen wegblinzelnd sagte Tina: »Sei lieb zu ihr, Paps. Hörst du?«

»Ich tu mein Bestes.«

»Ich meine es ernst«, sagte sie streng.

Die beiden stiegen in den Bus, und ich warf einen letzten Blick in das merkwürdig öde Wageninnere. Trotz Vorhängen und Farbe und neuem Teppich hatte es eine Micky-Maus-Künstlichkeit, und ihm fehlten Wärme und Behaglichkeit. Ich gab den beiden zwei Wochen. Unter Winken und Kusshänden rollten sie davon in Richtung Fernstraße. Mein Gedanke war: *Einer weg, bleiben noch drei*, aber es schien verfrüht.

Im Innersten meines Herzens hoffte ich jedoch, dass sie endgültig weg waren, weil ich Tinas Zimmer als Arbeitszimmer haben wollte. Es hatte durch zwei große Südfenster den besten Blick aufs Meer und war der schönste Raum im Haus. Das Zimmer hatte außerdem eingebaute Bücherregale und ein angrenzendes Bad mit Badewanne.

Aber ich träumte. Nach einer Woche waren sie wieder da, eine Zwischenlandung für eine Nacht, um ihre Wäsche zu waschen und den Bus. Tina plünderte die Küche und ließ Töpfe, Pfannen, Gewürze, Geschirrtücher, einen Abfalleimer, Besen und Kehrschaufel, eine Uhr, ein Bügeleisen und ein Bügelbrett mitgehen.

Drei Tage später waren sie wieder da. Diesmal, um Tinas Haare zu waschen und den Föhn zu benutzen. Sie verschwanden mit einer Stange Zigaretten, einem Krug Wein und einer Gallone Olivenöl. Danach wurde das zur Gewohnheit. Sie fuhren nie weiter südlich als San Ysidro, und jeden Abend kam ein R-Gespräch für Harriet. Durch das Telefon und die Raubzüge in der Küche wurde sie teurer, als wenn sie zu Hause geblieben wäre.

Das sagte ich ihr auch.

»Entweder oder. Wohnst du nun hier oder nicht?«

»Natürlich wohne ich nicht hier. Ich bin nur zu Besuch.«

»Gut. Ich ziehe in dein Zimmer.«

»Untersteh dich!«

Sie marschierte zum Bus mit einem Arm voller Decken. Später entdeckte ich, dass sie ihr Zimmer abgeschlossen hatte mit einem Schlüssel, der unauffindbar blieb.

Ich irrte mich in meinem Glauben daran, dass wir sie nie verlieren würden. Am 10. März, ihrem Geburtstag, rief sie von Santa Cruz aus an, um uns mitzuteilen, dass Rick und sie am Nachmittag geheiratet hätten und jetzt auf dem Weg nach Kanada wären. Danach war ich niedergeschlagen und skeptisch wegen meiner Fehleinschätzung, und ich brütete über meine Sünden ihr gegenüber. Wie es in dem Lied heißt, es ist immer so schön, ein Mädchen im Haus zu haben, und jetzt war sie tatsächlich gegangen. Sie war sehr wichtig für das Gewebe unseres Lebens, der bunte Faden, der dem Muster Farbe gibt, bewundert und respektiert von ihren Brüdern, geliebt und verhätschelt von ihrer Mutter und ein schönes Mysterium für ihren Vater.

Am Telefon lachte sie und sagte, ich könnte jetzt ihr Zimmer haben, und der Schlüssel läge unter dem Teppich in der Eingangshalle gleich neben der Tür. Ein paar Minuten später schlüpfte ich in das Zimmer, legte mich auf ihr Kissen, und der Duft ihres Haares stieg mir in die Nase, während ich die Puppen anschaute, die an den Wänden aufgereiht saßen und mich aus Glasaugen anstarrten. Ich dachte oh Scheiße und fing an zu weinen, als mir einfiel, dass ich sie so sehr verhauen hatte, als sie acht war. Schon jetzt war ihr Zimmer ein Teil des Hauses, der auf geheimnisvolle Weise tot war, ein Ort sehnsuchtsvoller Geister. Ich berührte ihre Kleider, ihre Gürtel und Bänder, ihre Dinge auf der Kommode, alles atmete noch im Pulsschlag ihrer Hände.

Während Harriet auf dem Innenhof schluchzte, ging ich in mein Zimmer und schrieb Tina einen Brief, von dem ich wusste, dass ich ihn nie abschicken würde. Vier oder fünf jammernde Seiten eines Kindes, das sein Eis hat fallen lassen. Aber ich ließ alles raus, meine Schuld, meine Sehnsucht nach Vergebung. Danach las ich den Brief durch und weinte über die wunderbare Sprache und fand sie an manchen Stellen sehr schön und überlegte sogar, ob ich daraus nicht einen kleinen Roman machen sollte, aber ich war ein alter Hase, was die Verzauberung durch meine eigene Prosa betraf. Also war es nicht schmerzhaft, das, was ich geschrieben hatte, zu zerreißen und in den Papierkorb fallen zu lassen.

Ich zog nicht in Tinas Zimmer.

Am Morgen nach der Hochzeit saß Harriet da, trank schwarzen Kaffee und fieberte vor Streitlust, ihre Augen waren rot vom Weinen.

»Gut, ich hoffe, du bist jetzt zufrieden«, sagte sie.

»Was meinst du damit?«

»Du hast einen Hund gewonnen, und ich habe eine Tochter verloren.«

»Sie ist nicht mit dem Hund weggelaufen. Sie ist mit Rick weggelaufen.«

»Der Hund hat beide vertrieben.«

Es gab nur eine Möglichkeit, einen offenen Schusswechsel zu verhindern. Ich warf meine Golfschläger ins Auto und fuhr nach Rancho, wo ich mit drei Betrunkenen Golf spielte. Und wie es einem vom Unglück gezeichneten Mann immer passieren muss, verlor ich noch sechs Dollar an sie.

16 Eine Woche später bekamen wir die nächste kalte Dusche per Telefon. Sie kam um vier Uhr früh, und wir nahmen beide gleichzeitig den Hörer ab, Harriet im Schlafzimmer und ich im Arbeitszimmer. Es war Kathy Dann, flott wie immer.

»Hallo Mama, hallo Papa.«
»Warum rufen Sie um diese Uhrzeit an?«
»Dominic ist verletzt.«
»Was ist passiert?«
»Er ist in eine Schlägerei geraten.«
»Mit wem?«
»Das müssen Sie ihn selbst fragen.«
»Schwarze?«, fragte Harriet.
»Geben Sie nichts darauf«, ging ich dazwischen. »Lebt er noch?«
»Es geht ihm schon besser.«
»Wo ist er?«

Sie gab uns die Adresse eines Appartementhauses in der Pier Avenue in Venice. Ich sagte ihr, wir sind in dreißig Minuten da. Harriet war schneller fertig als ich, mit einem Mantel über ihrem Nachthemd, ein Kopftuch hielt ihre Haare aus dem Gesicht. Wir rannten zur Garage, und ich sauste durch die Gänge.

Auf der verlassenen Küstenstraße kitzelte ich den Porsche auf über hundertsechzig, und erst in Santa Monica bremste ich ihn runter auf hundert. Harriet brach endlich das Schweigen.
»Nigger«, zischte sie.
Ich warf ihr einen Blick zu. Sie war Medusa. Das Kopftuch war heruntergerutscht und flatterte, der Fahrtwind zerrte ihre Haare in alle Richtungen. Ihr kalkweißes Gesicht ohne Schminke hatte die Strenge eines Grabsteins, und ihre Augen blickten furchtlos vor Zorn und Sorge. Grauenerregend. Das Unbekannte. Eine Fremde.

Oh, die Jahre, die Jahre! Ich fühlte, wie ich ein Viertel Jahrhundert zurücktrieb auf eine Party in San Francisco zur Feier der Veröffentlichung meines ersten Romans, ein schlankes, blondes, sinnliches Mädchen im Tweedkostüm, mit blauen Augen und Kirschmund, sprach mit mir auf dem Dachgarten des Mark Hopkins Hotels, ihre weinfeuchten Lippen küßten meine, ihr Lächeln ließ meine Knochen schmelzen, und ich nahm ihre Hand und führte sie zum Aufzug und hinunter auf die Straße an einem kühlen, windigen Nachmittag. Wir wanderten über Nob Hill, bis die Sonne unterging, bis ich heiser war vom Reden.

Wie schön sie war! Wie treffend die süße Prophezeiung in ihren Augen, wo ich die Berge und Täler meines gesamten Lebens sah und sogar vier Kinder zählte und ein Regal voll großer Romane. Was wäre aus uns geworden, wenn wir damals nicht die Party verlassen hätten? Wo wären wir heute? Bestimmt würden wir nicht über die Küstenstraße um halb fünf in der Frühe zur Rettung eines Sohnes rasen, der an jenem verzauberten Nachmittag in Nob Hill gezeugt worden war.

Wir fanden das Wohnhaus auf dem Berg über dem Strand von Venice, ein ganz neues Gebäude umgeben von ausgewachsenen und umgepflanzten Palmen. Es sah teuer und beeindruckend aus im Gegensatz zu den schäbigeren Behausungen, die es umgaben. Ich fuhr auf den Parkplatz, und als wir ausstiegen, nahm Harriet einen Schraubenzieher vom Rücksitz.

»Was willst du denn damit?«

»Das geht dich nichts an!«

Ich riss ihn ihr aus der Hand und warf ihn wieder ins Auto. Dann rannten wir ins Haus.

Es war die zweite Wohnung im Parterre. Ich drückte auf die Klingel, und Kathy öffnete sofort. Sie steckte in einem knapp sitzenden Kostüm aus nachgemachtem Leopardenfell mit Schwanz.

»Hallo Papa«, lächelte sie und drückte mir einen Kuss auf die Wange. Mit peitschendem Leopardenschwanz streckte sie Harriet die Arme entgegen.

»Mama!«

»Unterstehen Sie sich, mich zu küssen!«, sagte Harriet und drängte sich an ihr vorbei. »Wo ist mein Sohn?«

Das Wohnzimmer sah chaotisch aus, zwei zerbrochene Lampen auf der Erde, umgestürzte Stühle, ein zertrümmerter Kaffeetisch, Essen und Teller waren auf dem Teppich verstreut und hier und da ein Blutspritzer.

Kathy ging durch den Raum zu einer Tür.

»Da drin.«

Dominic saß gegen das Kopfende eines ungemachten Bettes gelehnt, ein blutiges Handtuch an seine Nase haltend, blutrote Streifen auf seinem Hemd und der Hose. Seine beiden Augen waren purpurrot, und das eine war beinahe zugeschwollen. Unter seinem zerfetzten Hemd zogen sich rote Blutergüsse quer über seine Rippen. Er sprach nicht, aber seine Augen funkelten vor Wut, und er zitterte wie im Fieber. Harriet stürzte ihm zu Hilfe, aber er drückte sich gegen das Kopfende und ließ nicht zu, dass sie ihn berührte.

»Ist schon in Ordnung«, murmelte er unter dem Handtuch und wich zurück.

Dann nahm er das Handtuch weg, und wir sahen seine geschwollenen und aufgeplatzten Lippen. Seine Nase hatte aufgehört zu bluten, und Blut klebte schwarz und getrocknet an seinen Nasenlöchern. Harriet lief ins Badezimmer, rumorte herum, zog Schubladen auf und sagte: »Gibt es denn keine Handtücher in diesem Saustall?« Sie kam wieder zum Vorschein mit einem Bündel in Wasser getränktem Toilettenpapier, setzte sich auf die Bettkante und betupfte damit die Blutflecke an Dominics Kinn und Nase.

»Wer hat das gemacht?«, fragte sie. »Wer waren die?«

»Ich will nicht darüber reden«, sagte er, und seine Augen wanderten zu Kathy, die kalt im Türrahmen lehnte. Harriet warf ihr einen flammenden Blick zu.

»Wer war das?«

Aber Kathy sagte kein Wort.

»Haben Sie die Polizei gerufen?« Harriet schaute Kathy an. »Ich rede mit Ihnen. Haben Sie die Polizei gerufen?«

»Hör auf, Mutter«, sagte Dominic.

»Ich werde nicht aufhören!«, schrie Harriet. »Es waren Panther, stimmt's? Sie haben dich zusammengeschlagen, weil du mit einer von ihren Frauen herummachst.«

»Oh Gott, Mutter!«, sagte Dominic.

Kathy Dann kreischte vor Lachen, konnte sich nicht mehr auf den Beinen halten vor Lachen, stolperte ins Wohnzimmer, und ihr Leopardenschwanz hüpfte auf und nieder, als sie quer über das Sofa fiel und nicht aufhören konnte zu lachen.

»Panther. Oh Mama, du bist unbezahlbar. Panther! Es ist nicht zu fassen.«

All das ging an Harriet vorbei, während sie das tat, was sie am meisten liebte – ihren Sohn versorgen. Sie half ihm, die Jacke über sein zerrissenes Hemd zu ziehen, und wir beide halfen ihm auf die Füße. Er stand mit unbeugsamer Würde, schob uns zur Seite, und wir folgten ihm ins Wohnzimmer.

Harriet öffnete die Tür zum Flur.

»Lass uns von diesem schrecklichen Ort verschwinden«, sagte sie.

Dominic stand unentschlossen und verwirrt da, seine Augen begegneten Kathys Blick.

»Auf Wiedersehen«, lächelte sie.

Er ging hinaus in den Flur ohne eine Antwort oder einen Blick zurück. Ich war der letzte, der ging.

»Mach's gut Papa«, sagte Kathy.

»Mach's gut, Kathy.«

Ich schloss die Tür.

•

Wir kamen zu Hause an, als gerade die Sonne rotäugig und nach Luft japsend aus dem Smog im Osten auftauchte. Während der gesamten Fahrt hatten wir geschwiegen, wissend um den Aufruhr in Dominic, das Erdbeben in seiner Seele, das zu schrecklich war für Worte. Harriet hielt eine Zeit lang seine Hand, aber die war anscheinend sehr kalt und abweisend, weil sie sie losließ. Wir fühlten uns eher wie Dummköpfe und nicht wie Retter. Wir brachten ihn von Kathy weg, aber er war nicht bei uns. Er war dort in Venice bei ihr.

Ich kochte Kaffee, während Harriet ein heißes Bad einließ, seine Wunden wusch und mit Heilsalben kühlte. Er war beinah wieder er selbst, als er in einem weißen Frotteebademantel in die Küche kam. Er sah sein Abbild im Spiegel neben dem Schrank und schielte angewidert auf seine verfärbten Augen und sein zerschlagenes Gesicht. Er war tief verstört und stand unter einem seelischen Schock. Ich goss ihm Kaffee ein, aber er wollte nicht und ging durch die Eingangshalle zu seinem Bett.

Harriet sah zufrieden aus und setzte sich.

»Ich bin froh, dass es passiert ist«, sagte sie. »Ich glaube, beide haben jetzt ihre Lektion gelernt.«

»Was für eine Lektion?«, fragte ich. »Ich sehe keine Lektion. Ich weiß noch nicht einmal, was verdammt noch mal passiert ist.«

»Die mögen es genauso wenig, wenn ihnen Weiße die Frauen wegnehmen, wie wir umgekehrt.«

»Unsinn. Die Welt ist voll von schwarzen und weißen Liebespaaren. Die sind überall, sogar in der Kirche. Man schaut schon kein zweites Mal hin, wenn man sie sieht.«

»Er hasst sie!«, sagte Harriet entzückt. »Oh, wie sehr er sie hasst!«

»Das bezweifle ich.«

»Wie kannst du nur daran zweifeln? Hast du nicht gesehen, wie er sie angeschaut hat? Er verabscheut sie.«

»Da habe ich meine Zweifel. Er ist ein Hinternfetischist, und Kathy Dann hat einen Hintern, den man nicht lange hassen kann.«

»Der steht weit raus, und du weißt das.«

»Das meine ich ja gerade.«

»Wie sehr du dich irrst! Wie wenig du deinen eigenen Sohn kennst! Er ist überhaupt nicht so, wie du glaubst.«

Sie hatte auch Pläne, romantische Mutterpläne in ihrem Mutterhirn für ihren Jungen. Ihr Name war Linda Erickson, eine blonde Strandgöttin aus der Broad Beach Road, frisch aus Arizona importiert, noch verpackt im Zellophan der Jungfräulichkeit, ungebunden, die Tochter von einer von Harriets Freundinnen.

»Das ist Unsinn«, warnte ich. »Fang nichts an.«

»Er wird Linda vergöttern.«
»Er vergöttert keine weißen Frauen.«
»Er hat noch nicht die richtige gefunden. Sie ist eine Dame.«
»Das letzte, was er will, ist eine Dame.«
»Du wirst schon sehen.«

Sie hatte das Telefon auf dem Schoß, und als sie wählte, ging ich nach draußen und ließ mich neben meinen Hund auf den Rasen fallen. Ich rieb seinen Bauch (seit er bei uns war, hatte er zehn Pfund zugenommen) und erzählte ihm, dass wir in einem Riesenschlamassel steckten und er mit uns.

17 Am Abend trafen wir uns zum Essen, Denny, Jamie, Harriet und ich. Dominic ließ sich nicht blicken, und Denny ging ihn holen, schweren Schrittes durch die Halle, seine sechste Woche an Krücken. Er kam zurück mit der Botschaft, Dominic wolle mit mir reden.

»Ich komme mit«, sagte Harriet.

Aber Denny sagte: »Du nicht, Mutter, nur Paps.«

Harriet erstarrte, wortlos und verletzt.

Dominic lag völlig entspannt auf seinem Bett, die Füße an der Wand abgestützt. Ich schloss die Tür. Das Zimmer stank nach dem Gras, das er in einer dicken, geschwungenen Pfeife rauchte. Er hatte das alberne, völlig abgetretene Lächeln eines absolut Zugekifften.

»Setz dich, Paps«, lud er mich ein und schwang seine Beine auf den Boden. Sein eines Auge war purpur und das andere war rot, und das purpurfarbene war zugeschwollen. Es war sinnlos, ihn zu fragen, wie er sich fühlte. Trotz seiner Blutergüsse war er im Traumland und sein Lächeln grotesk und verschwollen und ziemlich dumm. Ich ließ mich in einen Sessel fallen.

»Was geht dir im Kopf herum?«

Er zog einen Plastikbeutel voll Marihuana aus der Tasche seines Pyjamas und warf ihn mir zu.

»Bedien' dich.«

»Ich will keins«, sagte ich und warf das Zeug auf den Schreibtisch.
Er lachte: »Du alter Schweinehund.« Er beugte sich vor und tätschelte mein Knie. »Ich mag dich, Paps. Ich mag dich sehr. Wie gehts mit dem Drehbuch voran?«
Seine Pfeife ging aus, und er zündete sie wieder an. Rauchwolken stiegen in Schwaden aus dem heißen Kraut auf, als er genug davon in seine Lungen einsog, um einen Mann flachzulegen. Das Zeug setzte ihn fast außer Gefecht, er schwankte vor und zurück, sein offenes Auge glitzerte wie geschliffenes Glas, sein Lächeln war dümmlich und sein Kinn wabbelig, die Pfeife baumelte an seiner aufgeplatzten Unterlippe.
»Willst du mir von der Schlägerei erzählen?«, fragte ich.
»Welcher Schlägerei?«
»Wer waren die Leute, die dich so zugerichtet haben?«
»Du würdest es nicht glauben, wenn ich es dir sagen würde.«
»Probier es mal.«
»Es war Kathy.«
»Kathy hat dich so fertiggemacht? Dieses kleine Persönchen?«
»Die kleine Kathy.« Es schien ihm zu gefallen.
Ich betrachtete ihn voller Widerwillen.
»Und du lässt dir das von ihr gefallen?« Ich sprang auf und raufte mir die Haare. »Mein eigener Sohn wird zusammengeschlagen von einem hundert Pfund leichten Mädchen und besitzt die Frechheit, darüber zu lächeln! Gott im Himmel, wie tief kannst du sinken? Was bist du für ein Verrückter?«
Plötzlich begann er zu schluchzen. »Setz dich hin, Paps.« Ich setzte mich und sah zu, wie er versuchte, sich zu sammeln; die Tränen rannen ihm über das Gesicht.
»Armer blinder alter Paps«, seufzte er. »Weißt du noch, wie du mich in den Judounterricht geschickt hast?«
»Du hast verdammt überhaupt nichts dort gelernt.«

»Du wolltest, dass ich jeden Jungen in Point Dume verhaue, stimmt's Paps?«

»Das war ein Fehler. In deinem ganzen Leben hast du keinen Kampf gewonnen, den letzten inbegriffen. Mit einem Mädchen.« Er weinte, aus dem geschlossenen Auge flossen mehr Tränen als aus dem offenen.

»Ich kann mich nicht schlagen«, keuchte er. »Ich habe es noch nie gekonnt. Ich mag Leute nicht hauen.«

Die Pfeife fiel aus seinem Mund auf den Boden, und ich hob sie auf, und er versuchte daran zu ziehen, aber sie war ausgegangen und nass von seinen Tränen. Er weinte und zog an der Pfeife. Es war lächerlich und peinlich. Ich steckte ein Streichholz an und hielt es über den Pfeifenkopf, während er schwankte und weinte. Das Streichholz folgte dem Schwanken der Pfeife.

Sanft und beruhigend sagte ich: »Was ich meine ist, ab und an muss ein Mann in seinem Leben zurückschlagen, auch wenn er es nicht will, auch wenn es ein Mädchen ist. Meinst du nicht auch, Dominic?«

»Sie ist kein Mädchen. Sie ist meine Frau.«

Ich starrte, bis mir das Streichholz die Finger verbrannte.

»Seit wann?«

»Seit dem Beginn aller Zeiten. Seit sich das erste Leben regte in unserer Mutter, dem Meer. Seit der Explosion der ersten Galaxy.«

»Oh Scheiße! Seit wann seid ihr verheiratet?«

»Seit Dezember.«

Mir entrang sich ein Wimmern.

Sein Kopf sank auf die Knie und bebte schluchzend. Ich spürte seinen Schmerz, nicht darüber, dass er ein schwarzes Mädchen geheiratet hatte, sondern den Schmerz, der kommen würde, die quälende Anpassung an die Welt, der Schmerz, falls er Kinder in die Welt setzte, der sinnlose, vergebliche Schmerz, der vermeidbar gewesen wäre, der Schmerz, der damit begonnen hatte, dass ich sein Vater war.

»Trotzdem«, sagte ich und redete mehr, um abzulenken, »trotzdem, auch wenn sie deine Frau ist, kannst du nicht zulassen, dass sie dich verprügelt. Ein Mann muss seine Frau im Griff haben.«

Er hob den Kopf, und sein eines nasses, geschwollenes Auge sah mich an.

»Kathy ist schwanger.«

»Auch noch schwanger?«

Er nickte, und noch mehr Tränen tropften in die Pfütze auf seinem Schoß.

»Oh verdammt«, sagte ich. »Das ist kein Problem. Wie schwanger ist sie denn?«

»Sechs Wochen.«

»Gute Zeit für eine Abtreibung.«

»Das sagt Kathy auch.«

»Gut für Kathy!«

»Du begreifst nichts. Ich will das Baby. Sie nicht. Darum ging es bei der Schlägerei.«

»Weshalb willst du das Kind?«

»Es gehört mir. Ich will es haben.«

Erschöpft sah ich ihn an, zu erschöpft, um zu verstehen. Plötzlich sehnte ich mich nach einem Loch irgendwo, ein schönes tiefes Loch hinter der Weide neben meinem Rocco wäre mir gerade recht gewesen, mit einer Decke aus Erde, die ich über mich ziehen konnte, ein Loch, in dem ich mich mit meinem furchtbaren Schmerz um meinen Sohn verstecken konnte.

Warum konnte er sie nicht einfach vögeln und es damit gut sein lassen? Warum konnte er nicht von einem Arzt und dessen Skalpell profitieren und das Ding herauskratzen lassen? Welches Recht hatte er, sich und seinem Kind und meinem Enkel Kummer aufzubürden? Schwarz oder weiß, überhaupt geboren werden war schon schlimm genug, aber schwarz und weiß? Ein Jammer, dass das Baby nicht selbst entscheiden konnte.

Da saß er nun, flennend und bekifft und bettelte um mein Verständnis. Und noch dazu ein kluger Kopf. Mit vierzehn Monaten kannte er das Alphabet, lesen konnte er mit drei und mit vier spielte er hervorragend Schach, und jetzt zeigte er der Welt, meiner Welt, eine lange Nase.

Er machte mir Angst. Er sah bizarr aus, wie ein Geist. Mein Gott, vielleicht war er ein Heiliger, ein Nachfolger von Margareta von Cortona, einer von jenen Fanatikern, die es liebten, Körper zu waschen, den Verwundeten den Eiter abzulecken und auf dem Bauch über mittelalterliches Kopfsteinpflaster zu rutschen, um noch einen Nagel am wahren Kreuz zu küssen. Ich schaute in sein zerschlagenes Gesicht und das eine offene Auge darin, und es machte mir Angst. Ich konnte das ungeheure Gewicht des Kreuzes spüren, das er unbedingt tragen wollte, und es drückte mich zu Boden.

Einauge grinste jetzt, sein Gummigesicht verzog sich zu einer neuen Form. »Armer alter Herr. Du schämst dich, nicht wahr? Schämst dich deines erstgeborenen Sohnes.«

»Nicht mehr als gewöhnlich«, sagte ich.

»Was, wenn er ein zweiter Willie Mays ist? Wird das den Schmerz lindern, Paps? Oder Diana Ross, würde das helfen?«

»Oh halt den Mund«, sagte ich. »Was mir jetzt Sorgen macht, ist – wie sagen wir es deiner Mutter?«

»Mein Vater erzählt meiner Mutter alles. Das ist Teil des Vertrages. Der heilige Bund der Ehe, in Krankheit und in Gesundheit, bis dass der Tod uns scheidet.« Er winkte in Richtung Tür. »Geh, Mann. Tu deine Pflicht.«

»Mir bleibt kaum eine Wahl.«

»Geh, Mann. Flüstere die guten Neuigkeiten meiner weißen, angloamerikanischen Mutter ins Ohr. Sag ihr, heute ist in Bethlehem ein Kind geboren, und es ist kein Platz in der Herberge, und die Engel singen über dem Stall, in dem das Kind in Windeln gewickelt in einer Krippe liegt. Sag ihr, sie soll nicht drüber meckern, weil es vielleicht der Erlöser der Welt ist.«

Die Pfeife fiel ihm aus dem Mund und landete auf dem Fußboden. Ich hob sie auf und legte sie zur Seite.

»Warum gehst du nicht nach Hause und regelst das mit deiner Frau?«, sagte ich.

»Denk nicht schlecht von mir, Paps. Bitte!«

Er saß da mit seinen dicken Beinen und breiten Schultern, um seine Taille eine Speckrolle, sein Gesicht geschwollen und unförmig, und plötzlich wollte ich ihn in die Arme nehmen und wieder ganz klein vor mir sehen wie damals vor langer, langer Zeit an einem sonnigen Nachmittag im Golden Gate Park, als er seine ersten Schritte auf meine ausgebreiteten Arme zu machte.

»Willst du was essen?«

Er sagte nein, und ich ging.

18 In der Küche hatte Harriet Dominics Essen auf einem bunten Tablett aufgebaut, dazu Wein und sogar eine frische Rose in einer langstieligen Vase. Sie sah mich finster an.
»Was hat er gesagt, was ich nicht hören sollte?«
»Nichts Persönliches.«
»Worüber habt ihr gesprochen?«
»Über alles Mögliche.«
»Ah ja, verstehe«, sagte sie kühl.
»Harriet, er ist sehr deprimiert.«
»Kann man ihm das übel nehmen, nach dem, was er durchgemacht hat?« Sie nahm das Tablett. »Hast du Linda Erickson erwähnt?«
»Tu es nicht. Es ist der falsche Augenblick.«
»Überlass das nur mir.«
Sie ging in sein Zimmer, und ich leistete Denny und Jamie im Esszimmer Gesellschaft.
»Was ist los mit Linda Erickson?«, fragte Denny.
»Deine Mutter führt da was im Schilde.«
»Für Dominic?«, lächelte Jamie. »Das sollte mich wundern.«
Ich setzte mich auf meinen Platz und nahm mir zwei Lammkoteletts. »Was macht dein Bein, Denny?«
»Die Prognose ist nicht gut.«
»Was für eine Prognose?«

»Ich habe einen neuen Arzt.«
»Wer ist es denn diesmal?«
»Abercrombie. Er ist Orthopäde.«
»Nie von ihm gehört.«
»Er ist in Compton.«
»Compton? Ist es ein Schwarzer?«
»Na und? Er ist aber gut. Er hat das Problem gleich erkannt.«
»Was hat er gesagt?«
Denny nagte einen Knochen ab. »Ich bin möglicherweise für den Rest meines Lebens ein Krüppel«, sagte er liebenswürdig und starrte mich über den Knochen hinweg an.
»Junge, Junge, das ist hart«, sagte Jamie.
»Du trägst das aber sehr tapfer, mein Sohn«, sagte ich.
»Ich werde es schon schaffen.«
»Ich denke schon«, sagte Jamie. »Es hängt alles vom richtigen Arzt ab.«
»Abercrombie ist der Größte. Ich geb dir seine Adresse. Für alle Fälle.«
»Damit kommst du nie und nimmer durch«, sagte ich. »Du hast es hier nicht mit Kindern zu tun, sondern mit der Armee der Vereinigten Staaten, und die kennen jeden Trick.«
Ihm traten die Augen aus dem Kopf, so schockiert war er.
»Was hat denn die Armee damit zu tun?«
»Mach mal einen Punkt, Denny. Denkst du, ich bin ein Trottel? Ich weiß, was du vorhast. Hör auf, mir was vorzumachen.«
Er schüttelte den Kopf in tragischer Ungläubigkeit.
»Wie findest du das ... mein eigener Vater!«
Inzwischen war ich das ganze Theater gründlich leid. Es schien endlos, diese Rücksichtnahme auf einen Krüppel, der keiner war und die Besorgtheit und Sympathie eines jeden um ihn herum genoss. Das war wieder der Schauspieler in Aktion, seine unglaubliche Eitelkeit und der Glaube an seine eigene Einbil-

dungskraft. Er verdarb mir die Mahlzeit. Außerdem machten mir Dominics Probleme mehr Sorgen.

Die beiden hatten vor dem Essen eine Stunde mit Dominic in seinem Zimmer verbracht, und es war bezeichnend, dass sie kein Wort über die Krise im Leben ihres Bruders verloren. Das war der Code der Brüderlichkeit, niemals etwas voneinander anderen gegenüber zu verraten, ganz besonders nicht Harriet und mir. Es war eine miese, lausige Intrige, aber sie war unerschütterlich und notwendig, und ich habe nie dagegen gemeutert.

Denny kletterte auf seine Krücken und humpelte aus dem Zimmer, aber Jamie blieb gedankenverloren und stumm und rauchte eine Zigarette zu seinem Kaffee; etwas machte ihm Sorgen.

»Ich glaube, du solltest das hier kennen«, sagte er, zog ein zusammengefaltetes Stück Papier aus seiner Tasche und gab es mir. Es war ein Brief von der Einberufungsstelle in Santa Monica, der ihn aufforderte, am 1. Mai zu erscheinen – in einer Woche also – zwecks Überprüfung seines Status.

»Sieht nach Routine aus«, sagte ich, faltete den Brief wieder zusammen und gab ihn zurück. »Bei deinen Zensuren brauchst du dir doch keine Gedanken zu machen.«

Er rieb sich schuldbewusst den Nacken.

»Das glaubst du.«

»Was soll das heißen?«

»Ich bin in Geschichte und Englisch durchgefallen.«

»Mir hast du erzählt, du hättest bestanden.«

Er lächelte schwach. »Habe ich das?«

»Also hast du gelogen.«

Er nickte.

»Also bist du ein Arschloch. Also wirst du eingezogen. Also schluck deine Medizin wie ein Mann.«

»Gehst du mit mir zum Einberufungsbüro?«

»Kommt nicht infrage.«

Aber ich wusste, ich würde mitgehen, und er wusste es auch. Dann kam Harriet aus Dominics Zimmer gerauscht, und ich hörte dem Aufruhr in der Küche zu, dem Scheppern von Töpfen und Pfannen, Klappern von Tellern und Splittern eines zerbrechenden Glases. Ich stand vom Tisch auf und fand sie auf den Knien, Glasscherben aufhebend.

»Was ist los?«

»Zur Hölle mit ihm. Ich gebe auf.«

»Was hat er gesagt?«

»Er hat ein paar ganz schreckliche Dinge über Linda Erickson gesagt. Ich kann nicht einmal wiederholen, was er gesagt hat, und dabei kennt er sie gar nicht.«

Ich hoffte, er hätte zumindest eine Andeutung gemacht über seine Ehe und Kathys Schwangerschaft, aber offensichtlich blieb es mir überlassen, das Problem zu enthüllen. In dem Moment fiel mir ein Ausweg ein, eine schmerzlose Rettung für Harriet, schmerzlos für mich.

Ich verließ sie, die immer noch Scherben aufsammelte, und ging in Dominics Zimmer. Er packte Sachen in einen Koffer.

»Lass mir ein bisschen Gras da.«

»Bedien' dich«, sagte er.

Ich schüttete etwa dreißig Gramm aus dem Plastikbeutel in einen Briefumschlag und legte ein paar Zigarettenpapierchen dazu.

»Für Schriftsteller ist das Zeug gar nicht zu empfehlen«, sagte er. »Norman Mailer behauptet, es macht Löcher in den Kopf, und da fallen dann all die richtigen Wörter raus.«

»Die fallen sowieso raus.« Ich schaute auf seinen Koffer. »Ich schätze, diesmal gehst du endgültig.«

»Mein Auto steht bei Kathy. Denny fährt mich in die Stadt.«

»Was ist mit deiner Mutter?«

»Du hast gesagt, du übernimmst das.«

»Willst du dich nicht verabschieden?«
»Ich verschwinde durch die Seitentür, sowie Denny fertig ist.« Das einäugige Gesicht wagte ein zerschlagenes Lächeln. »Mach's gut Paps. Danke für alles.«
Einfach so. Danke für alles. Danke dafür, dass wir ihm das Leben gegeben hatten ohne seine Zustimmung. Danke dafür, dass wir ihn in eine Welt voll Krieg und Hass und Bigotterie gezwungen hatten. Danke dafür, dass wir ihm Schulen vorgeschrieben hatten, die ihn Betrügen und Lügen, Vorurteile und Grausamkeit gelehrt hatten. Danke für den Gott, den wir ihm aufgehalst hatten, an den er nie geglaubt hat und eine einzige wahre Kirche, alle anderen seien verdammt. Danke dafür, dass wir ihm eine Leidenschaft für Autos mitgegeben hatten, die ihn vielleicht eines Tages zerstören würde. Danke für einen Vater, der kitschige Drehbücher schrieb, wo Junge Mädchen trifft und die Guten immer über die Bösen triumphieren. Danke für alles.
»Mach's gut, Junge. Lass mal von dir hören.« Ich ging raus und dachte: *zwei weg, bleiben noch zwei*, dachte, *arme Harriet, Gott steh ihr bei*.

•

Denny und Dominic waren gegangen, Jamie lag im Bett, und wir saßen im Wohnzimmer und schauten uns den Elfuhrfilm im Fernsehen an. Sie nippte Sherry, während ich meine Pfeife rauchte und heißen Tee trank. Das Gras war in meiner Hemdentasche. Die Frage war nur, wie bekam ich es in ihre Lunge? Sie war einer dieser Menschen mit eisernem Rückgrat, die genauso wenig mit Gras herumtändeln, wie sie Opium rauchen. Ich war kein Experte mit dem Zeug, obwohl ich ein paar Mal in meinem Leben Gras geraucht hatte. Ich wollte, ich wäre damit gewappnet gewesen, als ich damals vom Tod meines Vaters erfuhr. Stattdessen hatte ich mich fürchterlich betrunken und mein Leid dadurch nur noch bodenloser gemacht. Tatsächlich ist mein Vater seit zehn Jahren tot, und ich trauere immer noch, weil ich ihn verloren habe. Marihuana hätte das vielleicht ändern können. Es war angeblich ein sicheres Mittel gegen eine Welt, die in Scherben fällt.

Der Film gab mir ein Stichwort. Es war buchstäblich ein Film voller Toter. Die Hauptrolle spielte Carole Lombard, die tot war. Mit den anderen Schauspielern war es dasselbe, John Barrymore, Lionel Barrymore, Eugene Palette und die Nebenrollen. Mit dem Regisseur, dem Produzenten und dem Drehbuchautor war es nicht anders. Da vorn auf dem Bildschirm waren sie, bewegten sich auf Filmmaterial, und dabei verrotteten sie in ihren Gräbern, arme, liebliche, wunderschöne Geschöpfe, und das war sehr traurig, und ich sagte Harriet, dass ich das sehr traurig fand.

Ich stand auf und goss mir Scotch in meinen Tee, und als die Werbung kam, stand ich auf und machte es noch einmal. Es ist traurig, sagte ich ihr, es ist herzzerreißend. Ich sagte, das Leben ist genauso traurig, kurz und traurig, und sie gab mir recht. Ich sagte, es mache mich melancholisch und unglücklich, und sie nahm meine Hand und sagte, »sei nicht traurig«.

Ich sagte, »wenn wir doch nur aus dieser Falle ausbrechen könnten, irgendwohin gehen, etwas tun, unsere Sorgen für eine Weile vergessen.«

Sie sagte, »es ist erst halb zwölf. Sollen wir in die Stadt ins Cock'n'Bull fahren?«

»So was meine ich nicht. Ich meine Frieden finden, ein bisschen Euphorie, die uns über diesen Moment der Krise hinweghilft.«

»Warum betrinkst du dich nicht?«, sagte sie.

Ich sagte ihr, ich meinte nicht Betrunkensein. Ich meinte völliges Entrücktsein, so, wie die Kinder das machten. Zum Beispiel Marihuana rauchen.

»Warum tust du es nicht?«, sagte sie.

»Ich bin sicher, du findest welches in einem von den hinteren Räumen.«

»Ich habe was hier«, sagte ich und ich klopfte auf mein Hemd.

»Na gut«, sagte sie. »Rauch, wenn du magst.«

»Allein? Gras raucht man nicht allein. Um es zu genießen, muss man es mit jemandem teilen.«

»Außer mir ist niemand hier.«

»Was ist mit dir?«

»Ich glaube nicht.«

»Das passt«, höhnte ich.

»Tut mir leid.«

»Ausgerechnet du.«

»Aber ich will nicht.«

»Du, der am meisten ausgebeutete, gequälte Mensch in dieser Familie, der alle Opfer gebracht hat, deine ganze Welt um dich herum fällt in Stücke …«

»Meine Welt fällt nicht in Stücke!«

»Du, du brauchst es mehr als irgendjemand sonst, und du lehnst es ab.«

»Ich brauche es nicht.«

»Vielleicht hast du recht. Besser willensstark sein, die Zähne zusammenbeißen und durchhalten, die Bestrafung über sich ergehen lassen. Der beste Stahl kommt aus der heißesten Schmiede. Vergiss es. Ich hoffe nur, es macht dir nichts aus, wenn ich hier sitze und mich betrinke, bis ich kotze. Das ist alles, was einem verbitterten Vater übrig bleibt, wenn er nicht in eine Kneipe gehen und mit einem Penner um die Wette saufen will.«

Sie nahm wieder meine Hand. »Na komm, jetzt lass es aber gut sein. Nimm dich zusammen. So etwas würdest du nicht tun.«

»Was für eine Ehe, was für eine Farce! Ein Mann will mit seiner Frau ein bisschen Gras rauchen, und die drückt sich. Mein Gott, ich verlange doch nicht, dass du dir Heroin spritzt. Alles, was ich will, ist, dass wir beide – Mann und Frau – Hand in Hand auf eine Reise ins Glück gehen, wo die Plagen des Lebens für eine Weile von uns genommen sind.«

»Ich habe Angst, mir wird schlecht davon.«

»Übel? Das Zeug ist Therapie! Entspannt den Körper, reinigt den Verstand, erfrischt die Seele.«

Eine Zeit lang war sie still und kaute an einem Fingernagel.

»In Ordnung«, gab sie nach. »Aber ich weiß, dass mir davon schlecht wird.«

Ich legte die Hand aufs Herz. »Ich schwöre dir bei meiner heiligen Ehre, dir wird nicht übel.«

»Also gut.«

Im Dämmerlicht des Fernsehers drehte ich zwei Joints und gab ihr einen davon. »Rauch ihn wie eine Zigarette. Du musst tief inhalieren. Aber schling den Rauch nicht zu schnell runter. Schön langsam und entspannt.«

Wir steckten die Joints an und rauchten schweigend. Sie nahm ein paar tiefe Züge.

»Ich spüre überhaupt nichts.«

»Immer mit der Ruhe. Das braucht Zeit.«

Nach ein paar Zügen ging meine Zigarette aus, aber ich steckte sie nicht wieder an. Sie rauchte ihre bis auf die Fingerspitzen herunter, bevor sie sie ausdrückte. Dann lehnte sie sich in engelsgleicher, glücklicher Trägheit zurück, ihre Augen waren halbgeschlossen, und sie sah sich den Film an. Ich fragte sie, wie sie sich fühlte.

»Ich spüre überhaupt nichts«, lächelte sie.

Zehn Minuten vergingen.
»Ich bin stolz auf meine Kinder«, sagte sie. »Ich liebe sie von ganzem Herzen. Sie leben in einer schrecklichen Welt, aber sie haben den Mut, die Zukunft zu meistern, und ich werde mir um sie keine Sorgen mehr machen.«
Ich wusste, der Zeitpunkt war gekommen, es ihr zu sagen.
»Hat Dominic dir von seiner Heirat erzählt?«
»Dominic, verheiratet?«
»Er und Kathy haben am Weihnachtstag geheiratet.«
»Das wusste ich nicht.«
»Kathy ist schwanger.«
»Wie schön.«
Ich sah zu, wie sie sich im großen Sessel zurücklehnte. Sie weinte. Sie weinte zwei Stunden lang, bis das bilderlose, weiße Auge des Fernsehers zurückstarrte und glitzernde Lichter auf die Tränenströme warf, die ihre Wangen herunterrollten.
»Ich bin so glücklich«, sagte sie immer und immer wieder. »Ich bin so glücklich.«
Mit Bewegungen wie ein in Spinnweben gehüllter Geist hielt sie sich an mir fest, als wir ins Schlafzimmer schwebten. Ich brachte sie zum Bett, ihr Nacken glich dem einer zerbrochenen Puppe, ihre Hände waren leblos wie Handschuhe. Sie wimmerte nach Zärtlichkeit, gurrte und tastete nach meinem Gesicht, ihr Kopf lag an meiner Schulter, aber sie war so bekifft, dass sie mich nicht einmal küssen konnte. Ich legte sie auf die Kissen, zog sie aus und bewunderte ihre weiße Haut, ihre so köstlichen roten Brustwarzen, und sie erinnerten mich an die vier Münder, die daran genährt worden waren. Ich berührte ihre zartgoldene Muschi und fragte mich, ob sie sie färbte. Meins, alles gehörte mir. Plötzlich musste ich sie haben, und ich riss mir die Kleider vom Leib und stürzte mich auf sie in Ekstase. Es war Vergewaltigung, ihre Hilflosigkeit trieb mich in ein orgiastisches Delirium, und ich

raubte sie mit böser Freude aus, fand bis dahin unverletzte Spalten und Risse, und es war die leidenschaftlichste Begegnung, die ich je mit ihr hatte, und sie schlief fest während der ganzen Geschichte, nahm nichts wahr und konnte sich an nichts erinnern, als sie am nächsten Morgen aufwachte.

19 Über Jamie hatte ich mir nie sonderlich Gedanken gemacht. Ich wollte wirklich nicht, dass er so schnell nach Tina zur Welt kam, die als Säugling unerträglich schrie und mich wütend und ängstlich machte. Ich schwor, dass drei genug waren, und flehte Harriet an, um Gottes willen nicht noch eins, trägst du dieses Diaphragma, bist du sicher, dass es richtig sitzt. Es war die reine Panik mit Tina, die im Nebenzimmer quengelte, und als Harriet wusste, dass Jamie unterwegs war, hatte sie bis zum dritten Monat zu viel Angst, es mir zu sagen.

Ich habe mich deswegen wie ein richtiges Arschloch benommen, verschwand türenknallend aus dem Haus und blieb zwei Wochen in Palm Springs bei einem betrunkenen Schriftsteller, der sechs Kinder hatte und ihnen die Schuld an seinem Alkoholismus gab. Ich kam nach Hause und wollte eine Abtreibung, aber es war natürlich zu spät, und Harriet verachtete mich und befahl mir, zu verschwinden und nie wiederzukommen. Aber wir schlossen, blind vor Hass und Not, einen gefährlichen Waffenstillstand. Das kommende Kind wurde nie erwähnt.

Es war für Harriet eine fürchterliche Qual. Je dicker sie wurde, desto größer wurde das Ungeheuer in mir. Ich trank tage- und nächtelang Wein, hing übel gelaunt im Sessel und verletzte sie mit dem Schwert meiner Zunge, höhnte, schlaff im Sessel hängend, und zog mich voll Abscheu zurück vor ihrem immer dickeren Bauch.

Sie wurde nicht nur mit der Schwangerschaft und drei Kindern fertig, sie entkam auch lebend dem Tumult meiner Verzweiflung. Zwei Wochen, bevor das Baby geboren wurde, bekam ich einen Job in Rom angeboten. Harriet war so glücklich, mich aus diesem Stuhl herauszubekommen, und ich war so gierig, wegzukommen, dass ich fuhr, ohne einen Koffer zu packen.

Als ich aus Rom zurückkam, war Jamie fünf Monate alt, und ich verabscheute ihn immer noch, weil er Koliken hatte und noch mehr brüllte als Tina. Der Schrei eines Kindes! Stell mich auf Glassplitter und zieh mir die Fußnägel raus, aber lass mich nie wieder das Schreien eines Kindes ertragen müssen, weil das ganz tief in meinem Nabel schmerzt, ein Schmerz, der zurückstrahlt bis zum Anfang meines Lebens.

Harriet hatte ihn Joseph genannt nach ihrem Vater, aber er war kein Joseph und sah auch nicht wie Joseph aus. Jamie passte besser zu ihm, und nach einiger Zeit blieb der Name hängen, und wir ließen ihn offiziell ändern.

Für Jamie war nie genug Zeit übrig. Es waren immer Dominic oder Tina, die die Krisen heraufbeschworen und manchmal auch Denny, aber nie dieses lockenköpfige Kind mit den Haselnussaugen, das jeden Morgen mit einem Lächeln begrüßte und nicht heulte wie die anderen, als wir es zum ersten Mal in die Schule brachten, und das so zögernd sprach, so stammelnd, weil sich keiner die Mühe machte, ihm das Sprechen richtig beizubringen. Aber später erfuhren wir, dass er jeden Tag ein wenig weinte, wenn er allein im Sandkasten auf dem Schulhof saß, und wenn der Lehrer fragte warum, antwortete er, er hätte was im Auge.

Als er sechs Jahre alt war, nahmen wir ihn mit auf ein Fest in der Nachbarschaft zur Feier des Unabhängigkeitstages, und er wanderte staunend und voller Freude über das, was er sah, zwischen den hundert Gästen umher. Auf dem Heimweg fragte ihn Harriet, ob es ihm gefallen hätte, und er erzählte mit leuchtenden Augen, dass ein Mann, ein netter Mann mit einem großen schwarzen Hut, mit ihm gesprochen hatte. Harriet wollte wissen, was er gesagt hatte, und Jamie streichelte liebevoll die köstliche Erinnerung und seufzte. »Er hat gesagt, ›Geh mir aus dem Weg, Junge‹.«

Das war Jamie, liebevoller Freund von Blumen, Kakteen und Bäumen, Spinnen, Raupen, Seesternen und Muscheln, Würmern und Ratten und Hunden und Katzen und Eichhörnchen, Pferden und Menschen. Während des größten Teils seines Lebens machten wir uns nie sonderlich Sorgen um Jamie. Er stellte einfach keine Forderungen. Er schwänzte keine Schule und fing keine Schlägerei an und wurde auch nicht im Wagen des Sheriffs nach Hause gebracht von einem Polizisten, der seinen Eltern Vorträge hielt über die Bedeutung von Vandalismus, er klaute nicht und betrank sich nicht und fuhr keine Autos zu Schrott, feierte keine Drogenpartys am Strand und schwängerte kein Mädchen und lief nicht von zu Hause weg und log und stahl und betrog nicht.

Er hatte gute Noten, war immer sauber und ordentlich angezogen, aß alles, was auf den Tisch kam, verbrachte ganze Tage damit, einen Basketball in den Korb zu werfen und gab seiner Mutter vor dem Schlafengehen immer einen Kuss. Wer schenkte so einem Kind Beachtung? Um in die Spannbreite meiner Aufmerksamkeit zu geraten, musste ein Junge etwas Bedeutendes tun, zum Beispiel ein Auto zu Schrott fahren oder mein Gewehr stehlen, um Wachteln in den Fichten zu erschießen, oder vom Jagdaufseher festgenommen werden wegen illegaler Hummerfallen oder von den Klippen stürzen und in dem Sand darunter landen oder Fingernägel kauen wegen eines Mädchens, das hoffentlich seine nächste Periode bekommt, oder vor dem Ertrinken gerettet werden oder Partys geben, bei denen Mobiliar und Fenster zu Bruch gingen. Nicht so Jamie. Ein verrückter Kerl, ein Langweiler, unmodern und bieder.

Dann, aus dem Nichts heraus, kam die Stunde der Wahrheit, und es stellte sich heraus, dass unser Jamie nicht so unbefleckt und schön war, wie wir glaubten. Vielleicht musste er es tun, um Aufmerksamkeit auf sich zu ziehen. Möglich, dass er deshalb im College in zwei Hauptfächern durchfiel und sich absichtlich der Neugier der Militärbehörden aussetzte. Aber die Verwicklungen seiner Geschichte waren vielschichtiger, als wir vermuteten.

Wir mussten es schwarz auf weiß vor uns haben, um es glauben zu können. Der Brief kam vom Büro des Direktors und war an Jamie adressiert. Er lehnte neben dem Telefon, wo Harriet wusste, dass Jamie ihn finden würde. Ich spürte dessen Bedeutung, lugte angestrengt durch den leicht durchsichtigen Umschlag und fragte mich, ob ich es wagen würde, ihn zu öffnen und so eine heilige Regel des Hauses zu verletzen, die es verbietet, die Post anderer zu lesen. Diese moralische Frage hielt mich knapp zehn Sekunden auf, bevor ich den Umschlag öffnete.

Die Nachricht für James Molise war kühl und unpersönlich. Wegen insgesamt zweiundvierzigtägiger Abwesenheit von der Schule wurde ihm hiermit mitgeteilt, dass er nicht länger Student am City College war.

»Rausgeschmissen. Von der Schule verwiesen.«

»Du hättest ihn nicht aufmachen dürfen«, Harriet runzelte die Stirn.

»Zweiundvierzig Tage! Was hat er denn vor?«

»Darum geht es nicht. Du hast kein Recht, seine Post aufzumachen.«

Zur Essenszeit kam er nach Hause, mit leeren Händen.

»Keine Bücher? Wie kommt's?«

Seine Augen versanken mit einem kurzen besorgten Blick in meinen, bevor sie sich abwandten.

»Na und?«, fragte er.

Ich hob den Brief hoch und gab ihn ihm, und er drehte den offenen Umschlag mit rotem Gesicht bedeutungsvoll hin und her. Er warf den Brief auf den Tisch, ohne sich die Mühe zu machen, ihn zu lesen.

»Ich habe mit dem College aufgehört.«
»Du hast nicht aufgehört, du bist rausgeschmissen worden.«
»Ich habe aufgehört«, beharrte er.
»Ein Nichtsnutz wie deine Brüder. Und ich habe die ganze Zeit geglaubt, du wärst derjenige, aus dem was wird.«
»Jetzt sei bitte mal still«, ging Harriet dazwischen. »Was ist passiert, Jamie? Warum bist du nicht mehr zum College gegangen?«
»Ich habe einen Job angefangen«, sagte er und betrachtete seine Hände.
»Wie viele Jobs hast du jetzt?«, fragte ich. »Ich dachte, du arbeitest im Supermarkt.«
»Nicht mehr. Ich arbeite in der Kinderklinik.«
»Und was machst du da?«
»Ich unterrichte Sport, Basteln. Was so zu tun ist.«

Ich konnte langsam ein sich abzeichnendes Muster erkennen, ein gerissenes Manöver wie das von Denny, und das beruhigte mich. Wenigstens benutzte er seinen Verstand.

»Nicht schlecht«, sagte ich. »Das dürfte dir die Zurückstellung von der Armee verschaffen.«
»Ich bin nur ein freiwilliger Helfer«, sagte er etwas beschämt. »Ich verdiene in der Klinik kein Geld.«
»Du arbeitest umsonst?«
»Mir gefällt, was ich da tue.«
»Du hast einen Knall. Wohltätigkeit fängt zu Hause an.«

In seinen grünlichen Augen lag keine Feindseligkeit, nur Wärme und Sympathie. »Ich wusste, dass du das sagen würdest, Paps. Deswegen konnte ich es dir nicht erzählen.«

Während des Abendessens erfuhren wir mehr über seine Arbeit in der Kinderklinik. Er arbeitete fünfzig Stunden pro Woche und bekam das Mittagessen umsonst. Um zu der Klinik in Culver City zu kommen, trampte er jeden Tag fünfzig Kilometer hin und zurück, außer wenn Denny ihn hinbrachte. Er schob verkrüppelte Kinder in Rollstühlen umher, badete sie und massierte ihre schmerzenden Gliedmaßen. Denjenigen, die gehen oder laufen konnten, brachte er bei, wie man einen Ball wirft oder schießt. Sonst gab es nichts zu tun außer Toiletten zu putzen, Teppiche zu saugen und bei der Wäsche zu helfen.

»Wir haben zu wenig Personal«, sagte er.

Ich hörte zu und staunte darüber, wie wenig ich ihn verstand und was für ein Rätsel er plötzlich geworden war. Jetzt hatten wir also den nächsten Märtyrer in der Familie. Dominic opferte sich auf dem Altar, der Kathy Dann hieß, und nun weihte sich Jamie verkrüppelten Kindern. Wie anders als ihr Vater, der für fünfzehnhundert Dollar die Woche schlechte Drehbücher schrieb (wenn er einen Auftrag bekam)! Kein Wunder, dass ich meine Hunde verstand und nicht meine Kinder. Kein Wunder, dass ich keinen Roman mehr zu Ende schreiben konnte. Zum Schreiben muss man lieben und zum Lieben muss man begreifen. Ich würde erst dann wieder schreiben, wenn ich Jamie und Dominic und Denny und Tina begriff, und wenn ich sie verstand und liebte, würde ich die gesamte Menschheit lieben, und meine harte Einstellung zur Welt würde weich werden gegenüber der Schönheit, die mich umgab, und die Worte würden weich wie Elektrizität durch meine Finger und auf das Blatt fließen.

20 Jamie fuhr zwei Tage lang mit meinem Auto zur Arbeit, und am Freitag machten wir die Fahrt in die Stadt gemeinsam. Es war für uns beide ein großer Tag. Ich musste um neun Uhr dreißig in Santa Monica sein, um meinen Scheck mit der Arbeitslosenunterstützung abzuholen, und um elf musste er vor der Musterungskommission in Brentwood erscheinen. Ich setzte ihn an der Kinderklinik ab und hatte genügend Zeit, nach Santa Monica zurückzufahren und mich in die Schlange vor Fenster C einzureihen. Die üblichen Gesichter waren da, Leute aus dem Showgeschäft, die es verstanden, der Erniedrigung des In-einer-Reihe-warten-Müssens den Stachel zu nehmen: witzige Komödienschreiber vom Fernsehen, der trübselige Typ mit den buschigen Augenbrauen, der Brandos letzten Bombenerfolg geschrieben hatte, der Pfeifenraucher, von dem zehn Daniel Boones stammten, die mürrischen und streitsüchtigen Regisseure, die elegant gekleideten Charakterschauspieler, alle standen gemeinsam in drei Schlangen an, zusammen mit Elektronikingenieuren, Landarbeitern und Wissenschaftlern, die gern nebenbei fallen ließen, dass sie am Apollo-Projekt mitgearbeitet hatten. Die Autoren waren voller Optimismus und Witz, und – merkwürdig genug – die meisten von ihnen erzählten die Wahrheit. Eine Woche waren sie dort, um ihre fünfundsechzig Dollar abzuholen, und in der nächsten Woche waren sie mit einem Auftrag in Europa oder schlossen gerade einen Vertrag ab für einen Film in unserer Gegend. Ich fragte mich, ob ich der einzige aufrichtige Lügner in der Menge war, weil ich das uralte Klischee verbreitet hatte, ich schriebe an einem Roman, und wenn sie wissen wollten, wie ich vorwärtskäme, hatte ich immer dieselbe einfache, direkte Antwort: »Phantastisch!«

Die Sonne schien, und der Smog hatte einen exquisiten Orangeton, als ich nach Culver City zurückfuhr. Ich parkte vor der Kinderklinik. Obwohl es ein neues Gebäude war, zwei Stockwerke mit Stuckverzierung, machte es einen ungewaschenen und verlorenen Eindruck, als ließe sich die Traurigkeit im Inneren nicht verbergen. Keine Hecke und kein Baum wuchsen hier. Der angrenzende Spielplatz war eingerahmt von einem zwei Meter hohen Sperrholzzaun, den noch politische Plakate vom Wahlkampf im letzten November verschandelten. Die Klinik lag in einem Viertel der Schwarzen und Chicanos, die dröhnende Schnellstraße nach San Diego lief zwei Blocks entfernt vorbei. Auf der anderen Seite vom Sperrholz spielten Kinder, ihre kleinen Stimmen flatterten durch die Luft wie Vögel.

Das schwarze Mädchen hinter dem Empfangstresen sagte mir, Jamie sei auf dem Hof und deutete auf eine Seitentür. Ein Dutzend Kinder, meist Schwarze, spielten auf dem staubigen Steinboden. Sie gingen an Krücken oder trugen Beinschienen, saßen auf Schaukeln oder auf einem quietschenden Karussell. Eine schwarze Krankenschwester in weißer Uniform beaufsichtigte sie.

Ich sah Jamie am anderen Ende des Hofes in einem Sandkasten mit zwei kleinen Mädchen, eines schwarz, das andere spanisch. Sie hatten einen Eimer voll Wasser und ein paar Tortenbleche vor sich. Sie machten Matschkuchen, und ihre Hände waren beschmiert mit nasser brauner Erde.

Als ich näherkam, sagte Jamie: »Streu ein bisschen Zimt darüber.«

Das einarmige Negerkind nahm eine Handvoll Sand und streute sie über den nassen Kuchen. Das andere Kind, an den Knien eine Stahlschiene, sagte: »Ich will Kokosnuss.«
»In Ordnung«, sagte Jamie. »Kokosnuss für beide.«
Sie nahm beide Hände voll Sand und häufte ihn auf den Kuchen.
»Wir müssen gehen«, unterbrach ich.
Während Jamie sich unter einem Wasserhahn die Hände wusch, starrten mich die Kinder missmutig an. Sie standen auf und gingen zu ihm, drückten sich an ihn wie kleine Kätzchen.
»Geh nicht, Jamie. Bitte.«
Er sagte ihnen, er käme später wieder.
»Versprich es! Versprich es!«
»Ich verspreche es.«
Er nahm sie bei der Hand, und wir gingen langsam, passten uns dem eigenartigen Taumelgang des Kindes mit den Schienen an. Das Bild war voll Vertrauen und feierlich, die heiße Sonne darüber, der staubige Steinboden unter unseren Füßen, die Sperrholzenklave abgetrennt vom Rest der Welt und gleichzeitig wild attackiert vom Röhren der Lastwagen auf der Schnellstraße. Ich warf Jamie einen Blick zu und sah das warme Leuchten in seinen Augen und sein leichtes Lächeln, mit dem er zu den Kindern hinunterschaute. Sie hielten seine Hände gegen die Brust gedrückt, als umarmten sie Puppen. Er schaute sie so strahlend an, wie er als kleiner Junge junge Hunde und Kaninchen geliebt hatte.

Das Einberufungsbüro war in einem funkelnagelneuen Hochhauskomplex an der Ecke Barrington und Wiltshire. Wir hatten noch Zeit, als wir auf den Parkplatz einbogen und ich den Porsche in eine Parklücke fuhr. Ich stellte den Motor ab und wir saßen einen Moment da und sammelten unsere Gedanken.

»Hast du dir irgendwas überlegt? Weißt du, was du sagen willst?«

»Was soll ich mir überlegen? Die stellen die Fragen und ich antworte.«

Ich hatte mir ein paar Gedanken gemacht über die Situation und bot jetzt eine mögliche Lösung an. »Wie wäre es damit?«, fragte ich. »Ich erhole mich gerade von einem Herzinfarkt und muss zu Hause im Bett liegen. Aber die Arbeit ist für deine Mutter zu viel, und wir brauchen dich, damit du mich versorgst. Ein Härtefall.«

»Du hast nicht mehr alle Tassen im Schrank.«

»Es ist besser, vorbereitet zu sein.«

»Ich weiß nicht, was die wollen. Vielleicht soll ich einfach noch einen Fragebogen ausfüllen.«

»Du träumst, Junge. Du hast zweiundvierzig Tage lang das College geschwänzt, und die wollen dich haben.«

Er öffnete die Tür.

»Bald werden wirs wissen.«

»Warte«, sagte ich und packte meine nächste Idee aus. »Was ist mit diesem Arzt von Denny?«

»Abercrombie? Das ist ein Schlitzohr.«

»Natürlich ist der ein Schlitzohr! Wie kannst du erwarten, Nierenprobleme oder hohen Blutdruck zu haben ohne ein Schlitzohr?«

Er sah mich mit hochgezogenen Augenbrauen an.

»Das mache ich nicht.« Er stieg aus dem Auto und knallte die Tür zu.

»Wie wäre es mit der Wahrheit, der richtigen Wahrheit, ohne einen Schwindler von Arzt?«

»Was für eine Wahrheit?«

»Mein Magengeschwür. Wie du weißt, habe ich ein Geschwür am Zwölffingerdarm. Ab und an flammt das auf. Gerade jetzt fühlt es sich so an, als würde es wieder losgehen. Mal angenommen …«

»Kommt nicht infrage.«

Er ging gerade vom Auto weg, als ein blauer Thunderbird in die nächste Parklücke schoss und ihm den Weg abschnitt. Die Hupe dröhnte, die Bremsen quietschten, Jamie sprang um sein Leben und warf sich gegen mein Auto. Er bebte vor Zorn, als er den Mann im Thunderbird anschaute.

»Du Irrer!«, schrie er. »Du dämlicher Irrer!«

»Tut mir leid«, sagte der Mann. Voll Erleichterung, weil eine Tragödie hatte verhindert werden können, lehnte er sich zurück und seufzte und schob seinen Hut aus seinem plötzlich schweißnassen Gesicht.

»Du Arschloch!«, brüllte ich.

Der Mann griff nach seiner Aktentasche und stieg aus dem Auto aus. Er trug einen grauen Seidenanzug, der um ihn drapiert war wie ein Theatervorhang, ein großer Mann mit breiten Schultern und einem Unterkiefer wie ein Amboss. Ein Vizepräsident, vielleicht, oder ein Gebrauchtwagenhändler.

»Tut mir schrecklich leid«, sagte er.

Wir ließen ihn gefrieren unter unserem Eiswürfelblick, und er ging den Gang zwischen den Autos hinunter. Nach ein paar Schritten blieb er stehen, starrte uns über seine Seidenschulter hinweg an und kam zurück.

»Sind Sie nicht Molise?«, sagte er, als er vor dem Porsche stand.

»Was geht Sie das an?«, fragte Jamie und verschränkte die Arme.

Der große Mann grinste und sagte zu uns beiden: »Wie geht's Ihrem gottverdammten, perversen Hund?«

Da erkannte ich ihn. John Galt, der Rechtsanwalt, den Stupid am Strand bestiegen hatte, an dem Abend des großen Theaters in Santa Ana. Ich erinnerte mich, wie er an der Küste stand in hängenden Bermudashorts und einem Hemd mit Hawaiimuster, wie sein Bauch rausgestanden hatte, behaarte Beine, die dick waren wie Baumstämme, und die einschüchternde Schärfe, mit der er mich an dem Abend heruntergeputzt hatte, nagte immer noch an mir, besonders weil Jamie Zeuge davon geworden war. Jetzt bot sich mir die Chance, die Scharte auszuwetzen, weil der Junge wieder dabei war.

»Hallo Galt.« Ich drehte mich zu Jamie. »Erinnerst du dich, Jamie? Der Typ, den Stupid gebumst hat am Strand? Derselbe Kerl.«

»Ich erinnere mich«, sagte Jamie. »Der Mann in den komischen Shorts.«

Galt lächelte dünn.

»Hat das Biest in letzter Zeit jemanden vergewaltigt?«

»In letzter Zeit nicht«, sagte ich. »Aber er vermisst Sie sehr, Galt. Sie sind sein Liebling.«

Galts Lächeln war aus unbeweglichem Eisen. Seine blauen Augen kochten, als er ein Taschentuch aus der Brusttasche zog und sich den Schweiß unter den Kinnbacken abwischte. Er legte das Taschentuch sorgfältig wieder zusammen und steckte es zurück in die Tasche. Ich konnte spüren, wie mich sein Zorn anwehte wie ein heißer Wind, und ich bückte mich unter den Sitz und griff nach einem schweren Golfschläger, der auf dem Boden lag. Es wurde ein Kampf der Blicke, Galt gegen Jamie und mich. Plötzlich wirbelte Galt herum und ging schnell über den Parkplatz, die Sonne schimmerte auf seiner Seidenjacke.

»Das war toll«, sagte Jamie. »Den hast du prima fertiggemacht.«

»Du aber auch.«

»Ich habe ihn noch nie leiden können.«

»So ein brutaler Angeber«, sagte ich. »Nur gut, dass er keine Bewegung gemacht hat, sonst hätte ich ihm das hier über den Schädel gehauen.« Ich hob den Golfschläger in meiner Faust.

Wir gingen über den Parkplatz zum Eingang des Gebäudes. Nebenan war ein Café und ich sah Galt am Tresen stehen und Zeitung lesen, während er eine Kaffeetasse an die Lippen hob. Wir warfen einen Blick auf den Hauswegweiser und nahmen den Aufzug in den dritten Stock.

Der Gang in das Rekrutierungsbüro war, als käme man in einen Roman von Dostojewski. Ein Frosthauch von Bürokratie fuhr sofort in die Knochen, und die Regierungsmaschinerie fing an, einen zu verschlucken. Es war ein großer weißer Raum, der nach frischem Verputz roch und von Neonröhren schmerzhaft hell erleuchtet wurde. Ein Dutzend Jugendliche, meist langhaarig, standen vor kleinen Fenstern entlang eines Raumteilers und sprachen mit Beamten. Das harte Licht ließ ihre Züge hervortreten und betonte jeden Stoppel und jeden Pickel auf ihren Wangen.

Jamie machte große Augen angesichts dieses Bildes und atmete tief ein. Mit einem genauso leeren Gesichtsausdruck wie alle anderen ging er zu einem der Schalter und stellte sich an. Ich ging zu einem Plastikstuhl an der Wand und setzte mich. Ein paar von den Jungen rauchten, also stopfte ich meine Pfeife und steckte sie an. Hinter den Fenstern hämmerte ein Trupp von Sekretärinnen auf Schreibmaschinen ein. Die Maschinen schienen in hitzigem Streit miteinander zu liegen.

Die Tür zum Flur ging auf, und graue Seide blitzte auf. Es war John Galt. Er ging, seine Aktentasche schwingend, zu einem Durchgang hinter der Absperrung. Jamie und ich entdeckten ihn gleichzeitig. Meine Pfeife ging plötzlich aus, und ich spürte das Blut in meiner Halsschlagader, als Galt kurz stehen blieb und sich umschaute. Seine blitzenden, blauen Augen knallten uns ab wie ein Scharfschütze. Dann ging er durch die Tür. Jamie drehte sich um und starrte mich an. Er flüsterte dem jungen Mann vor sich etwas zu und deutete auf Galt, den man durch die Fenster sehen konnte, wie er in ein Büro am anderen Ende des Raumes ging.

Jamie kam aus der Schlange auf mich zu. Sein Gesicht war grau, aber er lächelte ironisch, wie das Opfer eines dummen Streiches.
»Weißt du, wer das ist?«
»Sag es mir nicht«, antwortete ich. »Ich will es gar nicht hören.«
»Der Vorsitzende von der Prüfungskommission.«
Während er zurückging zu seiner Schlange, versuchte ich, einen Gedanken zurückzuhalten, der mir durch den Kopf galoppierte, aber er war wie ein wildes Pferd, das man nicht festhalten kann: *Drei weg, bleibt noch einer.*

21 Jamie begegnete Galt nie wieder, jedenfalls nicht von Angesicht zu Angesicht. Das Schicksal senkte sich über ihn wie ein arktischer Winter, als ihm klar wurde, dass seine Tage als Zivilist gezählt waren. Ich wusste, er würde ein guter Soldat werden, er hatte zu viel Selbstachtung, um ein schlechter zu sein, aber die Drohung des militärischen Lebens ließ ihn niedergedrückt und still wie ein Mönch werden.

Angesichts der Krise reagierte er wie ich. Wie der Vater, so der Sohn. Als mein Vater starb, nahm ich meinen Hund Mingo mit ins Bett. Beim Tod meiner Mutter wurde die Trauer gemildert durch den alten Rocco, der in vielen traurigen Nächten an meiner Seite war. Jamie nahm Stupid mit ins Bett. Der Hund war kein Dummkopf. Er spürte das Elend des Jungen und versuchte, ihn auf die einzige Art zu trösten, die er kannte; er blieb ganz dicht bei ihm diese letzten zwei Monate.

Das veränderte Stupid. Endlich war er mehr als der eigensinnige Hund, der im Haus herumhing ohne Zweck. Jetzt wurde er gebraucht, es gab eine Arbeit, die getan werden musste für jemanden, der ihn liebte. Dankbarkeit überflutete seine traurigen Augen, und er trottete hinter Jamie her durch Flure und Haus. Beim Frühstück lag er unter dem Tisch, den Kopf auf Jamies Füßen. Er folgte ihm in die Garage und stand neben dem Auto für einen freundlichen Klaps, bevor Jamie in die Klinik fuhr. Wenn das Auto verschwand, breitete er seinen Koloss auf dem Garagenboden aus und wartete auf Jamies Rückkehr. Er machte sich Sorgen um Jamie. Das sah man an seinem unberührten Fressen und dem mangelnden Interesse an Denny, Harriet und mir.

Am vierten Juli fuhren wir Jamie zur Einberufungsstelle in der Innenstadt von Los Angeles. Wir nahmen den Kombi, damit Stupid genug Platz hatte. Den Kopf auf Jamies Schoß gelegt, schlief er während der gesamten Fahrt. Zwei Busse erwarteten die neuen Rekruten auf dem Parkplatz. Jamie schüttelte mir die Hand, küsste seine Mutter flüchtig auf die Wange, warf seine Arme um Stupid und gab ihm drei oder vier Küsse.

»Pass gut auf meinen Hund auf.«

Ich nickte.

»Versprochen?«

»Versprochen.«

Er ging schnell weg zu einer Schlange von schmutzigen jungen Männern, die in die Busse kletterten. Sie sahen aus wie von den Nazis zusammengetriebene Gefangene auf dem Weg nach Buchenwald. Jamie stieg ein und winkte sofort aus dem Rückfenster. Harriet weinte und ließ ihr nasses Taschentuch flattern. Mit dem Zischen eines Drachens fuhr der Bus davon in Richtung Fort Ord.

•

Harriet weinte zwei Tage lang, aber mein Weltschmerz überdauerte nur etwa zwölf Minuten auf der Schnellstraße nach Santa Monica, wo die tosende Welle des Verkehrs den Kombi auf die Küste zutrieb. Endlich fand ich eine Lücke in der dritten Spur, wo ich mich mit neunzig treiben lassen konnte, ohne die Verrückten aufzuhalten, die einen Feiertag am Strand verbringen wollten.

Ich machte mir keine Sorgen um Jamie. Jetzt verstand ich, warum mein Vater so glücklich war, als ich eingezogen wurde. Jemand anderes übernahm die Verantwortung. Dies war nicht so, wie wenn ein Junge von Zuhause wegläuft und in der Wildnis einer Großstadt untertaucht, wie Dominic und Denny das gemacht hatten, uns nachts nicht schlafen ließen und wir voller Sorgen Fingernägel kauten und uns bei jedem Klingeln des Telefons das Herz stehen blieb. Jamie war in guten Händen. Er würde zu essen haben und ein Dach über dem Kopf und Disziplin lernen. Er würde zunehmen an Gewicht und Selbstständigkeit. Er würde sein Zuhause und seine Mutter vermissen und sich eine Zeit lang in den Schlaf weinen. Am schlimmsten würde die Langeweile sein, aber wer litt nicht darunter?

•

Als wir daheim ankamen, lag Stupid ausgestreckt auf dem Sitz, den Kopf auf die Pfoten gelegt. Er weigerte sich, aus dem Auto zu steigen. Ich redete auf ihn ein, vernünftig, tröstend, aber er rührte sich nicht. Als ich hineinlangte und nach seinem Halsband griff, klappte er ein trübes Auge auf und knurrte.

»Der Teufel soll dich holen, du undankbares Geschöpf.«

»Er vermisst Jamie«, sagte Harriet.

»Wir alle vermissen Jamie. Ist das etwa ein Grund, warum er nicht aus dem Auto aussteigen kann wie wir beide?«

»Ihm geht's nicht gut. Lass die Tür offen.«

Er fing an, mir auf die Nerven zu gehen. All die Monate hatte ich ihn gefüttert, gebadet, eingesprüht, vollgesogene Zecken aus seinem Fell geholt, sein Lager sauber gehalten, ihm schönen Glanz in sein Fell gebürstet, Wurmmittel gegeben, meine Freundschaft angeboten, und jetzt galt sein einziges Interesse Jamie, der ihm niemals auch nur eine Tasse Wasser gegeben hatte. Nicht, dass ich irgendwelche besonderen Vergünstigungen wollte oder seine totale Unterwerfung erwartete, aber ich hatte bestimmt das Recht, Gehorsam und einen gewissen Respekt zu erwarten. Wo wäre er denn, wenn ich ihm nicht ein gutes Zuhause gegeben hätte, ihn mit Aufmerksamkeit überschüttet und besser behandelt hätte als mein eigenes Fleisch und Blut? Es musste an der Rasse liegen. Er war ein schäbiger, gleichgültiger Hundesohn, ohne den Verstand, auf Liebe und Freundlichkeit zu reagieren. Mein Hund Rocco hätte vor Freude einen Satz gemacht, wenn er nur halb so viel Aufmerksamkeit bekommen hätte.

Zwei Stunden später schaute ich mir das Spiel der Dodgers im Fernsehen an, als er an der Hintertür kratzte. Ich stand auf und ließ ihn herein. Ohne mich anzusehen trottete er trübselig und mit hängendem Schwanz durch die Halle zu Jamies Zimmer. Winselnd schnupperte er am leeren Bett und kletterte schließlich darauf. Mit einem Seufzer machte er es sich bequem und schloss die Augen. Ich ließ ihn dort und ging zurück zum Fernseher. Nach dem Essen stellte ich ihm einen Topf mit Pferdefleisch und Hundeflocken auf die Veranda und versuchte, ihn aus dem Bett zu locken. Als meine Hand nach seinem Halsband griff, knurrte er voll Feindseligkeit.

»Lass ihn in Ruhe«, sagte Harriet. »Der frisst schon, wenn er Hunger hat.«

Falsch. Er fraß nicht und soff nicht und kam auch nicht aus Jamies Zimmer. Er blieb dort die ganze Nacht und bis zum Nachmittag des folgenden Tages. Dann entdeckte ich, dass er auf den Teppich gepinkelt hatte. Es war an der Zeit, ein Machtwort zu sprechen.

Harriet brachte Lappen und ein Putzmittel, und ich ging zum Auto und holte einen Golfschläger mit Keilkopf aus meinem

Golfsack. Er saß aufrecht, als ich ins Schlafzimmer kam. Ich hielt ihm den Schläger unter die Nase.

»Raus.«

Verstört vor Schmerz, das Fell ohne Glanz und die Augen feucht und schwer, rutschte er auf dem Bauch vom Bett und schlurfte durch die Halle und zur Hintertür hinaus. Er war wieder in dieselbe Melancholie versunken wie an jenem regnerischen Abend, als wir ihn fanden. Ich stand im Eingang und schaute ihm zu, wie er ziellos um sich blickte, als sei ihm die Umgebung fremd. Ein mitleidloser, peinlicher Gedanke ließ mein Gehirn erröten. Ich wollte ihn loswerden. Trotz des Versprechens, das ich Jamie gegeben hatte, hatte ich das Gefühl, der Hund musste aus dem Haus. Er musste die Schwingungen gespürt haben, denn er starrte mich voller Gram an, als täte ihm leid, was mir im Kopf herumging. Schaudernd wie ein Verbrecher wagte ich nicht, ihn anzuschauen.

22 Am nächsten Tag gegen Mittag entdeckte Harriet, dass er verschwunden war. Wir durchsuchten den Hof, die üppigen Efeubeete, die er so mochte, die schattigen Plätze unter den Fichten, die Pferdeweide, den verlassenen Wohnwagen. Er war tatsächlich verschwunden, obwohl beide Tore abgeschlossen waren.

»Er muss über den Zaun gesprungen sein.«
»Lass uns am Strand suchen«, sagte Harriet.
»Der kommt schon wieder. Lass die Tore offen.«
»Wir müssen ihn suchen.«
Sie zog ein Paar flache Schuhe an.
»Ich schreibe gerade an etwas.«
»Du kommst mit mir.«

Wir wanderten zum Strand. Sie ging nach Süden, und ich stapfte nach Norden. Nach zweihundert Metern setzte ich mich an eine Klippe und zündete meine Pfeife an. Zwei Stunden lang schaute ich den Möwen zu und starrte ins Wasser. Er war eigentlich kein besonderer Hund. Wirklich ein Schizophrener. Er hatte Rick Colp terrorisiert. Er hatte Denny gebissen. Er hatte Galt besprungen und war wahrscheinlich dafür verantwortlich, dass Jamie eingezogen worden war. Er war mir gegenüber kalt und gleichgültig. Plötzlich durchlief eine wunderbare Vorstellung meinen ganzen Körper, und eine süße Melodie spielte mein

Rückgrat hinauf und hinunter. Ich würde mir wieder einen Bullterrier holen, einen Welpen, weiß wie Rocco, mit rosa Unterbauch, einem langen Rattenschwanz und sanften braunen Augen. Aber vorher musste ich sicher sein, dass Stupid endgültig verschwunden war.

Zuhause trocknete sich Harriet nach einer Dusche ab.
»Irgendwas entdeckt?«, fragte sie.
»Er ist einfach verschwunden.«
»Dieser Hund ist so langsam. Er kann noch nicht weit sein. Lass es uns mit dem Auto probieren.«
»Ich schreibe gerade an etwas.«
»Das kann warten. Wir nehmen beide Autos.«

Sie fuhr in Richtung Zona Beach, und ich steuerte auf die Küstenstraße zu. Im Topanga Canyon bog ich ab nach Norden, fuhr durch die Berge ins Valley und zu einem brandneuen Golfübungsplatz in Ventura. Es war ein schöner Platz, kaum Leute, das Gras wuchs üppig, und die Bälle waren makellos sauber. Ich schlug drei Eimer voller Bälle und korrigierte den Rechtsdrall meines Abschlages, der mir seit zwei Jahren Tobsuchtsanfälle verursacht hatte. Alles in allem ein lohnender Tag.

Ich kam nach Hause, als die Sonne für kurze Zeit schwebte, bevor sie von dem rosafarbenen Meer verschluckt wurde. Harriet stand am Herd, bereitete das Essen vor und telefonierte gleichzeitig, fragte Nachbarn, ob sie diesen großen braunschwarzen Hund mit dem buschigen Schwanz gesehen hätten. Sie wählte und redete unermüdlich und servierte mir gleichzeitig mein Essen. Sie sah erschöpft aus. Sie hatte außerdem Anzeigen aufgegeben in der *Times* und allen Zeitungen an der Westküste.

Sie mixte sich einen Highball und fragte: »Irgendwas entdeckt?«

»Keine Spur. Ich bin sogar ins Landesinnere gefahren, durch Latigo und den Corral Canyon bis nach Mulholland. Ich bin bis

zum Decker Canyon hoch. Ich habe alle Straßen zwischen hier und Camarillo abgesucht.«
»Wir müssen ihn finden, Jamie zuliebe.«
»Und was ist, wenn wir ihn nicht finden?«
»Wir müssen es versuchen.«
»Aber nur mal *angenommen*, wir haben kein Glück?«
»Es dauert noch zehn Wochen, bis Jamie aus der Grundausbildung zurückkommt. Bis dahin haben wir ihn bestimmt gefunden.«
»Wir müssen realistisch sein. Der Hund ist weg. Er ist eine Zeit lang geblieben und dann verschwunden. Das ist seine Art.«
»Das glaube ich nicht. Nach allem, was wir wissen, könnte er auch auf dem Weg nach Fort Ord sein.«
»Oh Scheiße. Das ist Lassie.«
»Es wäre möglich.«
»Im Kino. Nicht in Point Dume. Aber es gibt eine Lösung, mal angenommen, wir finden ihn nicht.«
»Was für eine Lösung?«
»Ein anderer Hund.«
Sie war aufgeregt und misstrauisch, und ich beschloss, das Thema nicht weiter zu erörtern. »Ich dachte an einen netten kleinen Cockerspaniel oder vielleicht einen Scotchterrier.«
Ihre Augen glühten, und sie atmete schwer.
»Ich weiß, worauf du hinauswillst.«
»Ich weiß nicht, wovon du redest. Ich rede von Tatsachen.«
»Ich verschwende keine Worte. Wenn du einen Bullterrier auch nur *erwähnst*, kannst du diese Ehe als beendet betrachten. Und das ist mein letztes Wort.«
Sie schoss auf dem Absatz herum und stürzte aus dem Zimmer.
Da war er wieder, der alte Druck, der Versuch, mich in eine Schablone zu pressen. Ich nahm einen Bleistift und ein Blatt

Papier und rechnete ein paar Zahlen zusammen, die mein Kopf wie ein Computer herunterratterte. Dreitausend für meinen Porsche, zweitausendzweihundert schuldete ich noch der Finanzierungsgesellschaft, ein Hunderter für meine Golfschläger, fünfhundert für den Trecker, fünfzig für den Rasenmäher, hundert für die Kettensäge, vielleicht noch zweihundert für meine Gewehre. Machte zusammen etwa sechzehnhundert. Fünfhundert abgezogen für das Flugticket, und ich käme in Rom an mit elfhundert. Das war überlegenswert.

Das Telefon klingelte, und wir gingen beide in verschiedenen Zimmern an den Apparat. Es war Mrs. Pollard aus dem Dume Drive. Von ihrem Fenster aus konnte sie einen großen Hund mit viel Fell auf dem Nachbargrundstück herumlaufen sehen. Harriet dankte ihr und kam in die Eingangshalle gerannt.

»Nimm die Taschenlampe mit«, sagte sie.

Minuten später lenkte sie den Kombi vom Dume Drive auf das Gelände neben den Pollards. Die tanzenden Scheinwerfer schnappten die Gestalt eines großen Hundes aus der Dunkelheit, ein Neufundländer stand gebannt auf einem wurzelübersäten Erdhügel, die Überraschung ließ das Weiße in seinen Augen noch größer erscheinen.

Das entmutigte Harriet nicht. »Sieht doch vielversprechend aus. Wir hätten in dieser Gegend anfangen sollen mit unserer Suche.« Im Rückwärtsgang fuhr sie das Auto zurück auf die Straße. Die nächsten zwei Stunden durchstreiften wir Point Dume mit der Geschwindigkeit eines Leichenwagens. Alle Hunde am Weg waren aufgeregt. Sie folgten uns in Massen, ein aufgebrachter Mob, ihre Zähne und Gaumen glänzten im Licht der Taschenlampe. Hunde, Hunde, Point Dume's Elite, die am besten gefütterten und untergebrachten Hunde der Welt vom Chihuahua bis zum Bernhardiner. Aber kein Stupid. Als die Taschenlampenbatterie den Geist aufgab, fuhren wir nach Hause.

Rauch quoll aus dem Kamin im Wohnzimmer, als wir in der Garage neben Dennys altem verbeulten Karren parkten. Ich sprang aus dem Auto und sah zum Kamin hoch. Er stieß schwarzes, wirbelndes Zeug aus, das nach brennendem Kunststoff stank und wie ein schwarzer Engel in der warmen Nachtluft hing.

Denny saß im Schneidersitz vor dem offenen Kamin, das Kinn in der Hand aufgestützt und betrachtete die Flammen. Er war dabei, seine Krücken zu verbrennen. Die Schaumgummipolster zischten und qualmten. Ich ging hin und sah mir das Feuer an. Zwei Minuten lang redeten wir nicht.

»Du hast es also geschafft.«

Er lächelte und zog einen Umschlag aus seiner Tasche. Von der Armeeverwaltung. Seine Entlassung aus medizinischen Gründen. Chronische Sehnenscheidenentzündung. Dauerschaden. Ich gab Harriet das Dokument.

»Schändlich«, sagte sie und warf einen flüchtigen Blick darauf.

»Ich habe denen drei Jahre meines Lebens geschenkt«, sagte er. »Ist das nicht genug?«

»Du hast sechs geschworen.«

»Sehe ich aus wie ein Soldat, benehme mich wie ein Soldat, denke wie ein Soldat? Ich gehöre nicht in die Armee. Es war von Anfang an ein Fehler. Jetzt kann ich mein Leben leben.«

»New York?«

»Morgen.«

Er stand auf und machte plötzlich ein paar Tanzschritte.

»Denny!«, schimpfte Harriet.

Er nahm sie in die Arme und küsste sie.

»Ich bin frei, Mama! Weißt du, was das heißt?«

Es gab nicht viel, was Harriet hätte sagen können. Er hatte sie wirklich in die Enge getrieben. Sie hatte zu viele seiner Semesterarbeiten geschrieben, sich auf zu viele Verschwörungen mit ihm eingelassen, um jetzt protestieren zu können. Außerdem hätte es sowieso nichts geändert. Da war etwas an Denny, sein Charisma war wie eine Fahne, die der Wind entfaltet, ein junger Mann, der ruhelos auf dem Weg nach vorn ist, der Junge, der so gern weglief. Es lag im ersten Sperma, das den Eileiter hinaufgesegelt war und im Uterus vor Anker ging, aus dem er geboren wurde.

»Vier weg, bleibt keiner«, sagte ich.

Er drehte sich grinsend um und legte mir die Hände auf die Schultern.

»Du hast es geschafft, Paps. Meinen Glückwunsch.« Er griff in seine Hosentasche und holte die Autoschlüssel heraus. »Hier ist deine Belohnung. Ich gebe dir mein Auto.«

»Donnerwetter, danke!«

Er klatschte in die Hände, ganz der alte Faxenmacher.

»In Ordnung, liebe Mutter. Komm, wir packen. Mein Flieger geht morgen früh um sieben.«

»Stupid ist verschwunden«, sagte Harriet. »Er ist weggelaufen.«

»Wie viel Glück man haben kann«, lächelte er, legte seinen Arm um sie und führte sie zu seinem Schlafzimmer.

23 Frieden.
Was ist Frieden?

Sie lebt im Ostflügel, und ich lebe im Nordflügel. Wir haben jeder drei Schlafzimmer. Ich mähe den Rasen. Ich fange einen neuen Roman an. Mein Stil hat sich verändert. Ich mag ihn nicht. Sie töpfert. Sie liest über Okkultismus. Ich spiele Golf. Ich habe diese Albträume. Ein paar Schwarze rösten Dominic in einem Topf. Sie hat Albträume. Jamie vor dem Kriegsgericht verurteilt, bekommt die Augen verbunden, wird erschossen. Ich wechsele das Schlafzimmer. Sie wechselt das Schlafzimmer. Wir schlafen zusammen. Sie schnarcht. Sie behauptet, ich schnarche. Wir tauschen die Schlafzimmer. Der Roman bricht zusammen. Ich fange einen neuen an. Was ist mit meinem Stil passiert? Sie legt mir die Tarotkarten. Die Karten sind düster. Sie kann sie nicht zu Ende deuten. Der Traum. Der Gehenkte. Meine Karten, Tod, Katastrophe, Ruin.

Jamie schreibt jeden Tag, ruft am Wochenende an. Seine Stimme ist schwach, mitleiderregend. Er hat eine schwere Erkältung. Er ist fünfundzwanzig Kilometer marschiert. Wie geht's meinem Hund? Dem geht es gut. Mach dir keine Sorgen um deinen Hund. Wie ist das Essen bei euch? Schrecklich. Er übergibt sich ständig. Hast du es warm genug nachts? Nein. Die geben uns nicht genug Decken. Sie lassen ihn auf dem Bauch durch ein Feld kriechen und schießen mit echter Munition über seinen Kopf. Hör zu, Jamie, soll ich dem Standortkommandanten schreiben? Nein. Das macht die Hetzjagd nur noch schlimmer. Er hat erhöhte Temperatur. Geh zum Arzt. Nein. Abwesenheit heißt, alles noch mal machen müssen.

Ich mähe den Rasen. Harriet jätet Unkraut in den Blumenbeeten. Wir rufen die Grundstücksmakler an. Sie stellen ein Schild auf. Horden von Fremden kommen. Sie trampeln durch das Haus. Sie hassen es. Die Küche ist altmodisch. Die Schränke sind zu klein. Die Decken müssen gestrichen werden. Die Fenster brauchen Fliegengitter. Man hört sie im Weggehen höhnen. Man sieht, dass die Grundstücksmakler ihnen recht geben. Wir nehmen das Schild weg. Wir sind wieder allein. Ich höre nachts fremde Schritte. Ich lege eine Pistole neben mein Bett. Ich gebe Harriet eine Pistole. Ich mache meine Gewehre sauber und öle sie ein. Das Haus ist eine bewaffnete Festung. Es gab mal eine Zeit, da war jede Tür Tag und Nacht offen. Inzwischen nicht mehr. Ich überprüfe die Türen, die Fenster. Harriet bemalt Ostereier. Sie geht auf einen Eiertrip. Sie bastelt winzige Tiere in die Eier hinein. Sie baut kleine Landschaften in die Eier, ein Hirsch an einem Wasserfall, ein Kaninchen unter einem Busch. Das Wohnzimmer füllt sich mit merkwürdigen Eiern. Freunde beglückwünschen sie. Sie hat Pläne mit größeren Eiern. Ich spiele Golf. Wir sind ein bisschen verrückt, aufgelöst, exzentrisch. Wir schämen uns nicht, das zuzugeben.

Denny schreibt aus New York. Er arbeitet als Kellner, er geht auf die Schauspielschule. Schickt einen Hunderter. Tina ruft aus New Hampshire an. Sie ist schwanger. Rick ist Tischler. Sie kaufen ein Haus. Schickt einen Hunderter. Jamie ruft an. Schickt ein paar Süßigkeiten. Hat immer noch erhöhte Temperatur. Ist heute dreißig Kilometer marschiert. Der Stabsfeldwebel will ihn fertigmachen. Muss um vier Uhr aufstehen und alle Latrinen in der Garnison putzen. Ich werde das in die Hand nehmen, sage ich zu ihm, ich werde Tunney und Cranston und Reagan schreiben. Tu es nicht, das macht alles nur noch schlimmer. Was macht mein Hund? Komm, wir geben eine Party, laden Leute ein, alte Freunde, wir sollten jetzt mehr unternehmen. Wir geben eine Party, Leute kommen. Schriftsteller und Ehefrauen. Gezückte Messer. Alkohol. Filmdrehbuchschreiber gegen Fernsehdrehbuchschreiber. Üble Szene. Eine Frau nennt mich ein faschistisches Schwein. Ich haue ihr eine runter. Ihr Ehemann verprügelt mich. Große Rangelei auf dem Innenhof. Nachbar ruft den Sheriff. Eine betrunkene Schauspielerin rennt zum Rand der Klippe, droht, hinunterzuspringen. Spring doch, du Ziege! Ein Polizist hält sie fest. Party geht zu Ende. Zerbrochene Freundschaften, zerbrochene Gläser, verschütteter Alkohol, Kotze auf dem Rasen. Im Esszimmer hat ein Untier gegen die Wand gepinkelt. Wir geloben: nie wieder eine Party.

•

Ich erinnere mich an den Tag, als Rocco ermordet wurde. Der Tag ist genauso unvergesslich wie die Tragödie, ein Tag für Wale und Tümmler, für Segel und Motorboote, der azurblaue Himmel so strahlend, dass er von Michelangelo hätte stammen können, und man suchte den Rand der Schäfchenwolken ab nach Cherubimen, die goldene Trompeten bliesen. Juli und das Versprechen eines süßen Sommers, die Wellen sanft und melodisch, schmale, braun gebrannte Mädchen in Bikinis, ihre Hintern wie frischgebackenes Brot, die kreischenden Möwen, die hurtigen Strandläufer, die geduldig sitzenden Surfer, die in Bonbonfarben gestriften Sonnenschirme und ein explosiver weißer Bullterrier, der den Möwen hinterhertobte und vor Freude bellte.

Wir gingen durch das Vorgebirge der Klippen, tanzten über hohe Berge aus Kieseln und kamen zu einem Strand, der Little Dume genannt wurde, eine kleine Bucht, geformt wie eine Untertasse und voller Leute. Etwas Gigantisches und Dunkles nahe am Wasser fesselte ihre Aufmerksamkeit, und sie standen im Halbkreis darum. Es sah aus wie der Bug eines umgedrehten Schiffes, aber als wir näherkamen, wurde im flachen Wasser die Gestalt eines großen Blauwales erkennbar. Er lag auf der Seite, sein Bauch war gelblich, sein riesiger Rücken schwarz wie Ebenholz und blau. Später stand in der Zeitung, dass er siebenundzwanzig Meter lang war und hundert Tonnen wog. Weiß der Himmel, wie er dorthin gekommen war, hilflos gestrandet im fünfzig Zentimeter tiefen Wasser, das Luftloch auf seinem Rücken spie schmerzvolle Quietschlaute, seine Schwanzflosse schlug schwach, seine Augen sonderten fettige Tränen ab, das Gewölbe seines Maules stand halb offen und sog die Wellen der steigenden Flut ein.

In feierlichem Schweigen sah die Menge zu, wie der geschlagene Gigant der Tiefe keuchte und mit seiner massiven Schwanzflosse schlug. Freche Möwen landeten auf seinem dunklen Rücken. Algen und Abfall wurden vom Wasser in sein offenes Maul und wieder hinausgespült.

Ich nahm Rocco am Halsband, und wir gingen bis zum Rand der Gruppe. Der Hund knurrte, als er die schlagende Schwanzflosse sah. Er zerrte am Halsband, seine Pfoten wühlten den Sand auf. Er wollte den Wal angreifen. Seine absolute Furchtlosigkeit amüsierte mich. Was konnte ein sechzig Pfund schwerer Hund einem hundert Tonnen schweren Wal schon tun? Es amüsierte mich sehr. Ich ließ ihn los.

Als die Welle zurückrollte, griff er an. Mit einem Satz, die Reißzähne gefletscht, stürzte er sich auf den Bauch des Wales. Er hing dort, seine Zähne im Fleisch vergraben. Man konnte ihn knurren hören, während er sich festbiss. Ein Murmeln des

Jammers stieg aus der Menge auf. Eine neue Welle schlug gegen die Küste. Der Wal rollte. Rocco verlor seinen Biss und fiel ins Wasser. Jemand schrie: »Wem gehört dieser Hund?« Rocco rappelte sich auf, als die Welle zurückwich. Die große Schwanzflosse schlug. Rocco stürzte sich darauf, packte sie und klammerte sich, zäh wie er war, an einem Gegenstand fest, der zwanzigmal so groß war wie er. Die Menge murrte. Der Hund machte aus dieser ganzen Geschichte eine Posse.

Eine Frau sagte: »Er bringt den Wal um!« Das Maul des Wales öffnete sich weiter, während er nach Luft rang. Er schien große Schmerzen zu haben, Algen trieben über seine bläulichen Lippen. Die Feindseligkeit der Menge gegenüber dem Hund steigerte sich. Rufe nach »Haltet den Hund fest! Bringt dieses Biest um!« Die Schwanzflosse schlug wieder und warf den Hund auf den Strand. Er überschlug sich zweimal und landete auf den Füßen, seine kleinen Augen blitzten vor Kampflust. Er sauste vom Schwanz zum Kopf des Wales und attackierte das offene Maul, aber die heranrollende Welle warf ihn auf den Strand. Ein Kind warf Treibholz nach ihm. Ein Mann rannte auf ihn zu und gab ihm einen Tritt. Aber für einen Bullterrier ist ein Wal nichts weiter als ein großer Hund. Er stürzte sich wieder auf ihn, verheddderte sich in den Algen und rollte unter das Maul des Wales, ging unter in gurgelndem Wasser und Abfall.

Dann, Krach! Ich sah einen Fischer im Heck eines Motorbootes stehen, in der Hand ein rauchendes Gewehr. Ich sah im Wasser das rote Blut meines Hundes. Ich sah seinen weißen Körper mit der Welle hinaustreiben. Ich rannte zu der Stelle, wo er in der Brandung lag. Sein halber Kopf war weggeblasen. Er war noch warm, als ich ihn hochhob und auf meinen Armen durch die Menge trug, die mir eine Gasse freimachte. Ein junges Mädchen sah mit gerümpfter Nase meinen schönen toten Rocco an und sagte: »Ich bin froh!«

Die Flut trug den toten Wal ins Meer hinaus. Ich trug meinen toten Hund den weiten Weg bis zum Haus und begrub ihn draußen an der Pferdekoppel.

•

Eines Morgens im September wachte ich auf, weil die Sonne mein Fenster attackierte, als wollte sie das Glas zerbrechen. Sie schlug mir ins Gesicht und auf die Augen und warf mich fast aus dem Bett. »Was willst du, verdammt noch mal?«, sagte ich. Ich stand auf und zog die Vorhänge zu und legte mich im Halbdunkel wieder hin. Die Wahrheit war, ich konnte keinen neuen Tag mehr ertragen. Ich war dieses große Haus leid. Wozu waren leere Räume gut und ein Hof, der so groß war wie ein Park, wenn niemand darin spazieren ging? Wozu waren Bäume gut, wenn es keine Hunde gab, die sie anpinkelten?

Ich konnte in diesem Haus keine Zeile mehr schreiben. Ich hatte auch den anderen Hausbewohner satt, den, der auf der anderen Seite des Hauses lebte. Mit welchem Recht konnte sie behaupten, ich dürfte keinen Bullterrier haben?

Showdown. Kriegslüstern und mit nacktem Hintern ging ich in die Küche, wo ich sie hinter ihrer Lesebrille fand. Sie las die Morgenzeitung.

»Was hast du gegen Bullterrier?«

Sie war so überrascht, dass sie sich nervös eine Zigarette ansteckte. »Meinst du das ernst? Nach Mingo und Rocco? Du weißt, dass uns jeder in der Nachbarschaft hasst.«

»Wenn die Hunde haben können, warum ich nicht?«

»Ein Bullterrier ist kein Hund, das ist ein wildes Tier. Außerdem würde er sich mit Stupid nicht vertragen.«

»Stupid ist seit fünf Wochen verschwunden.«
»Jamie zuliebe dürfen wir die Hoffnung nicht aufgeben.«
Ich rasierte mich, putzte mir die Zähne, kämmte mir die Haare, machte mir ein paar Gedanken. Dann ging ich wieder in die Küche.
»Ich habe eine Entscheidung getroffen.«
Sie ließ ihre Brille sinken: »Tatsächlich?«
»Entweder bekomme ich einen Bullterrier, oder ich verlasse das Land.«
Ihr Lächeln war nicht freundlich. »Rom?«
»Die ewige Stadt.« Das klang wunderbar.
»Dann kaufst du am besten zwei Tickets, eins für dich und eins für deinen Hund.«
»Das wird dir noch leidtun.«
»Lass es darauf ankommen.«

Ich hoffte auf mindestens vierhundert für die Gewehre, die Kettensäge und die Golfschläger, aber ich bekam nicht mehr als zweihundertfünfzig dafür. Der Traktor ging für dreihundert an den Schrotthändler. Ich beharrte auf fünfhundert, aber er war nicht zu erweichen. Er sah den Rasenmäher im Geräteschuppen und fühlte sich davon angezogen. Ich erlaubte ihm einen Probelauf auf dem Rasen.
»Wie viel verlangen Sie dafür?«
»Fünfzig«, sagte ich.
»Fünfundzwanzig.«
»Fünfundvierzig.«
»Dreißig.«

Harriet kam an das Fenster über uns. »Ich brauche den Rasenmäher. Untersteh dich, den zu verkaufen«, sagte sie.
»Wenn du ihn willst, musst du ihn bezahlen.«
»Wie viel?«
»Sechzig«, sagte ich.

»Ich nehme ihn.«

Sie zog das Rollo herunter, unbesorgt und ohne Interesse für meine Pläne. Warum nicht? Sie besaß ein eigenes Einkommen aus einer Erbschaft, und wenn ich vom Grundstück herunter war, würde es ihr gut gehen, dankeschön.

Mit sechshundert in der Tasche fuhr ich nach Westwood, um den Porsche zu verkaufen. Ich hatte ihn eingewachst und poliert und seine roten Lederpolster mit Lederseife bearbeitet, bis sie glänzten wie Porzellan. Wenn ich achthundert herausbekäme, hätte ich fast fünfzehnhundert für die Reise. Den Flug abgezogen, würde ich in Rom mit etwa neunhundert landen. Damit konnte ich drei Monate leben. Falls ich keinen Job finden sollte, würde ich einfach Harriet schreiben, dass mein Magengeschwür wieder blutet, und sie würde für das Flugticket nach Hause sorgen.

Der blonde Mann auf dem Platz für ausländische Wagen bot mir sehr schnell siebenhundert an, aber ich bestand auf hundert mehr und er war schließlich einverstanden. Die Verkaufsverhandlungen, Preisfestlegung und das Unterschreiben des Vertrages dauerte eine Stunde. Als alles unterzeichnet war, kam der Kassierer ins Büro und gab mir einen Scheck über fünfhundert.

»Sie haben einen Fehler gemacht«, sagte ich. »Wir hatten achthundert ausgemacht.«

»Sie sind mit zwei Raten im Rückstand, und die laufende Rate ist heute fällig.«

»Kommt nicht infrage.« Ich ließ den Scheck auf den Tisch fallen.

»Tut mir leid«, sagte er und sammelte die Dokumente ein.

Mit elfhundert in der Tasche und einer Reise nach Rom, die mir gerade um die Ohren geflogen war, trat ich aus dem Wohnwagenbüro und stand neben meinem wunderschönen Porsche. Der blonde Typ kam zur Tür und rief: »Hallo, Jethro!«

Ein schwarzer Mechaniker im öligen Overall tauchte hinter einem Zaun auf.

»Bock sie hoch, die Süße, und mach ihre Muschi sauber«, sagte der Blonde.

Der Mechaniker fuhr den Porsche weg. Ich fühlte mich elend. Ich fühlte mich wie Judas Iskariot. Das war ein Bullterrier auf Rädern. Er hatte jede Herausforderung angenommen, hatte Corvettes und Jaguars aus dem Weg geräumt und im Dreck versinken lassen. Nun würde er jemand anderem gehören, und ich war ohne Räder. Meine Gewehre waren weg. Meine Golfschläger waren weg. Meine Kettensäge war weg. Mein Traktor war weg. Ich war ausgelöscht, abgesehen von ein paar nutzlosen Dollars und der alten Klapperkiste, die Denny in der Garage stehen gelassen hatte.

Ich fuhr mit dem Bus heim. Es war eine ermüdende Reise, aber sie gab mir Zeit zu überlegen, was ich Harriet sagen wollte. Manchmal war die einfache Wahrheit sehr nützlich. Ein Mann braucht nicht sein Gesicht zu verlieren, wenn er ehrenhaften Tatsachen würdig und direkt Ausdruck verleiht. Harriet war kein rachsüchtiger Mensch. Sie würde verstehen.

Es war dunkel, als ich an der Bushaltestelle in Point Dume ausstieg. Weil ich zu müde war, um die letzten zwei Kilometer nach Hause zu laufen, rief ich an und bat sie, mich abzuholen.

»Wo ist dein Auto?«, fragte sie.

»Das habe ich verkauft.«

»Warum denn das um alles in der Welt?«

Einfach so. Sie hatte alles vergessen. Das machte mich rasend.

»Weil ich nach Rom fahre, erinnerst du dich? Ich verschwinde. Verlasse das Land. Zurück zu meinen Ursprüngen, zurück zur Wiege der Zivilisation, zurück zum Kern des Wesentlichen, zu Alpha und Omega. Weg von Point Dume, von Kindern und Hunden und einer Ehefrau, die mich nie verstanden hat und niemals verstehen wird.«

Sie legte auf. Ich ging nach Hause.

Sie hatte sich in ihrem Schlafzimmer eingeschlossen. Mein Abendessen, gebratenes Hühnchen und überbackene Kartoffeln, war im Ofen. Ein Salat stand auf dem Tisch. Ich machte eine Flasche Wein auf und servierte mir ein Hühnerbein. Es schmeckte genauso wie Harriet. Ich zerriss es mit meinen Zähnen und spülte es mit Wein hinunter.

Meine Situation war absurd. Ich hatte mich selbst mit wilden Drohungen in die Enge getrieben, und um meine Ehre zu retten, musste ich sie jetzt wahr machen. Ohne genug Geld wollte ich kein Rom. Diese kalten Marmorfußböden in den Hotels machten mir eisige Füße. Die Römer kochten schlechten amerikanischen Kaffee. Die Straßen rochen nach altem Gorgonzola. Die Nutten waren schlampig und deprimierend. Ich würde die Meisterschaftsspiele im Baseball verpassen. Das große Ereignis am Sonntag war es, unter dem Fenster des Papstes zu stehen. Die unterste Stufe menschlichen Lebens war der italienische Schriftsteller. Er wanderte herum mit unverkauften Drehbüchern unter dem Arm, sein Arsch schien durch dünn gescheuerte Hosen. Er verachtete Italo-Amerikaner, tat sie als Feiglinge ab, die vor der wunderbaren nationalen Armut davongelaufen waren, während er, der wahre Patriot, im Vaterland geblieben war und die Tragödie zweier Weltkriege überlebt hatte. Wenn man sich wehrte, schließlich könnte man sich das Land seiner Geburt nicht aussuchen, dann beleidigte er den Vater oder den Großvater, weil sie in einem anderen Land ein besseres Leben wollten.

Der Mann, der mich rettete und ausplünderte, rief gegen zehn an.

»Sind Sie der, der wegen dem verloren gegangenen Hund inseriert hat?«

»Das stimmt. Wer sind Sie?«

»Schwarzbrauner Akita?«

»Klingt nach ihm. Mit wem spreche ich?«
»Wie hoch ist die Belohnung?«
»Fünfundzwanzig.«
Der Mann lachte: »Sie träumen wohl.«
»Wie heißen Sie?«
»Ich will dreihundert.«
»Sie sind nicht ganz dicht. Er ist keine dreihundert wert.«
»Er ist rasserein. Wertvoller Hund.«
»Das ist Ansichtssache.«
»Ich will dreihundert.«
Das war mein Ausweg. Ich wusste, dass Harriet vom Schlafzimmer aus zuhörte. Ich konnte sie im Nebenanschluss atmen hören.
»In Ordnung. Abgemacht.«
Sein Name war Griswold. Er lebte in der Decker Road, auf der Hälfte zwischen der Küste und dem Tal. Ich sagte, ich käme am Morgen.
Als ich auflegte, kam Harriet im Nachthemd durch die Halle angeflogen.
»Das ist Wucher«, sagte sie. »Du bezahlst nicht!«
Wir sahen uns an, und ihre Augen sagten mir, dass wir Rom für einen Augenblick hinter uns gelassen hatten. Der Wind hatte sich plötzlich zu meinen Gunsten gedreht.
»Was ist mit Jamie?«, fragte ich.
»Was soll mit ihm sein?«
»Ich habe ein Versprechen gegeben.«
»Er wird es verstehen.«
»Du willst, dass ich ein Versprechen breche, das ich meinem eigenen Sohn gegeben habe?«
»Du kannst dir die dreihundert Dollar nicht leisten.«
Ich zog meine dicke Brieftasche hervor und warf sie auf den Tisch.

»Doch, ich kann.«
»Aber deine Reise nach Rom!«
»Was ist schon Rom, wenn man mit dem Verrat an seinem eigenen Sohn leben muss? Was ist Paris, was New York oder irgendeine andere Stadt dieser Welt? Meine Pflicht ist klar. Gott weiß, dass ich meine Fehler habe, aber ich könnte es nicht ertragen, wenn ich mir vorwerfen müsste, meinen eigenen Kindern gegenüber illoyal zu sein.«

Sie konnte ihre Bewunderung nicht verbergen. Sie leuchtete in der Wärme ihres Gesichtsausdruckes, und Harriet starrte mich an, als hätte sie Tiefen einer Liebesgeschichte entdeckt, die sie bisher nie gesehen hatte. Verwirrt und nachdenklich setzte sie sich an den Tisch und seufzte.

»Ich finde es nicht fair. Ich wollte, dass du fährst. Ich wollte, dass du Rom endlich hinter dich bringst.«

Ich goss ihr ein Glas Wein ein.

»Offengestanden habe ich mir ein paar Gedanken gemacht wegen Rom. Ich war selbstsüchtig und unvernünftig. Mit welchem Recht lasse ich dich hier allein und fahre um die halbe Welt? Du bist diejenige, die eine Reise braucht. Du hast ein schreckliches Jahr hinter dir. All deine Kinder sind gegangen, all deine Aufgaben erfüllt – und wofür das alles? Du verdienst einen Urlaub mehr als ich.«

»London«, sagte sie sehnsüchtig und starrte in ihr Glas.

»Wohin du willst, aber lass uns zusammenfahren, Mann und Frau. Sowie wir das Geld zusammenhaben.«

Ihre Augen umarmten mich in Seen aus Blau, als sie über den Rand ihres Glases hinweg lächelte und einen Schluck Wein nahm.

24

Die Decker Road wand sich durch die Berge wie eine Schlange, die dem Meer entkommen will. Es war ein funkelnder Tag auf einer einsamen Straße, kein Auto kam an mir vorbei, während ich die zwanzig Kilometer bis zum Ende des Mulholland Drive fuhr.

Auf dem Schild stand »Griswold Autoreparatur«. Ich lenkte den Kombi vorsichtig die Abzweigung hinunter und in ein Tal etwa dreißig Meter unterhalb der Straße. Das Gelände war ein einziges Chaos. Abgewrackte Autos und Kühlschränke, rostende Landmaschinen, Berge von Holz, Haufen von Reifen, Ölkanistern und Autositzen. Scharen von Hühnern staksten herum und kratzten in der rötlichen Erde. Zwei Esel suchten den Hügel ab nach was zu fressen.

Ich parkte vor einem Wohnwagen, der auf Klötze hochgebockt war und dessen Front übersät war mit Muscheln, Nummernschildern, Fischernetzen, Kürbissen und Seesternen. Über der Tür proklamierte ein einziges Wort Griswolds Meinung zum Krieg: Frieden!

Er erschien, als ich aus dem Auto stieg. Ein Mann um die vierzig, klein, bullig, mit rotem Bart, in Jeans und T-Shirt. Er kaute Tabak.

»Ja bitte?«
»Ich bin gekommen, um mir den Hund anzusehen.«

»Sind Sie der Filmschreiber?«
»Ja.«
»Hier lang.«

Wir gingen ein paar Meter zu einer viereckigen Einzäunung aus Blech und Holzabfällen, etwa einen Meter hoch. Griswold schoss einen Strahl Tabaksaft über den niedrigen Zaun.

»Ist er das?«

Ich trat neben ihn und schaute in das eingezäunte Gelände. Die rote Erde war jeder Vegetation beraubt. In der Ecke lag Stupid auf einem Lager aus Stroh. Ein niedriges, vorstehendes Dach schützte ihn vor der Sonne. Er schien zu schlafen, und als ich ihn rief, hob er ein wenig den Kopf und wedelte wiedererkennend mit dem Schwanz. Dann sank er wieder aufs Stroh.

»Das ist mein Hund«, sagte ich.

Plötzlich bewegte sich etwas in den Tiefen des Strohs. Stupid kam auf die Beine, als es langsam und undeutlich sichtbar wurde. Es war ein Schwein, ein weißes Schwein mit rötlicher Zeichnung, das Stupid zur Seite schubste, als es sich hochrappelte. Es sah Griswold und mich an und grunzte glücklich, Stroh fiel von seinem Rücken, als es auf uns zukam.

»Das ist Emma«, sagte Griswold.

Sie war jung und rund wie ein Schneeball, mit weißen, baumelnden Zitzen und einem nicht endenden Lächeln auf ihrem friedlichen Gesicht. Sie kam direkt auf mich zu, schaute hoch mit leuchtenden blauen Augen. Ihre Schnauze bebte vor Freude. Griswold hielt ihr die Hand hin, und sie liebkoste sie mit der Schnauze. Ich streckte meine Hand hin, und sie sabberte selig, als meine Handfläche ihre warme Nase berührte. Stupid kam schnell dazu und leckte mit seiner großen Zunge ihre Augen und Lippen ab. Er war verrückt nach ihr.

»Wie alt ist sie?«

»Zwei Jahre. Nachbarn haben sie mir gegeben gegen ein paar neue Bremsbeläge.«
»Wie kommt es, dass die beiden zusammen sind?«
»Das wollte der Hund so, nicht ich. Er ist immer wieder über den Zaun gesprungen.«
»Spielt sich noch mehr zwischen den beiden ab? Ich meine, sind sie hintereinander her?«
Das empörte Griswold.
»Nehmen Sie es nicht persönlich, Griswold. Der Hund ist ziemlich exzentrisch.«
Griswold spuckte einen Strahl Tabaksaft. »Er hat tatsächlich ein paar Mal was probiert, aber sie hat's ihm ordentlich gegeben. Jetzt benimmt er sich. Wissen Sie, was ich glaube? Ich glaube, er hält Emma für seine Mutter.«

Das Schwein trippelte über den Platz zu einem Wasserhahn, der in einen Waschzuber tropfte. Stupid folgte. Sie trank, und er trank auch. Dann trottete sie zu uns zurück und starrte mich von unten herauf sehnsüchtig an, während Stupid ihr Strohhalme vom wohlgenährten Rücken ableckte. Er bewunderte sie unendlich.

Plötzlich wurde der Hund von einer Stimmung überwältigt. Er ließ sich auf den Bauch fallen und bellte das Schwein ein paar Mal an. Dann sprang er auf, rannte bellend im Kreis, sprang auf Emma zu, rollte sich auf den Rücken, neckte sie voll Eifersucht auf die Aufmerksamkeit, die sie uns schenkte. Sie grunzte und rannte auf ihren kurzen weißen Beinen hinter ihm her, und er ließ zu, dass sie ihn in eine Ecke trieb. Sie schubste ihn gegen die Wand, ihre zweihundert Pfund überrollten ihn, während er zärtlich an ihren Ohren knabberte. Dann verlor sie die Geduld und biss ihn ins Bein. Aufjaulend humpelte er zu dem Strohlager und ließ sich nieder.

»Die werden sich gegenseitig vermissen«, sagte ich.

»Nicht lange. Ich schlachte sie in ein paar Tagen.«
Ich starrte ihn an. »Sie schlachten?«
»Das werden wunderbare Schinken. Schauen Sie sich nur ihre Schultern an.«
Emma lächelte mich an, als würden wir bis in alle Ewigkeit beisammenbleiben.
»Werden Sie sie erschießen?«
»Man hängt ein Schwein an den Hinterbeinen auf und schneidet ihm die Kehle durch. So blutet es richtig aus.«
Da stand er nun, mit seinem bärtigen Gesicht und Frieden über der Tür und plante den Mord an dieser lieblichen Kreatur. Ich musste weg von diesem Ort, weg von diesem Kerl und von dem freundlichen Lächeln dieses anbetenden Schweines. Ich holte meine Brieftasche heraus und zählte dreihundert Dollar in Griswolds schwielige und gefühllose Hand.

Stupid heulte nicht, als wir ihn an ein Seil banden und aus dem Pferch zerrten, aber er schien stumm zu weinen, während er gegen die Schlinge kämpfte, und die arme Emma grunzte und beschnupperte ihn bis zum Tor. Wir wuchteten ihn in den Kombi und knallten die Hecktür zu. Da begann er zu jaulen, seine Pfoten rutschten unter ihm weg, seine Schreie ließen die in einiger Entfernung weidenden Esel die Ohren spitzen und die Hühner aufgeregt gackern, sie waren einer Panik nah.

Maria.

Ich sah zurück zum Pferch. Das Schwein stand auf den Hinterbeinen, war aber zu klein, nur die Schnauze war zu sehen.

Maria.

Ich winkte Griswold zu und stieg ins Auto, während der Hund, halb wahnsinnig, herumsprang und mit den Pfoten die Hecktür bearbeitete.

»Mögen Sie einen schönen Schweinebraten?«, fragte Griswold.
»Nicht besonders.«

»Ich werde dafür sorgen, dass Sie einen bekommen.«
Maria.
»Griswold«, sagte ich. »Wissen Sie, was ich täte, wenn mir dieses Schwein gehören würde?«
Er spuckte Tabaksaft.
»Ich würde es Maria nennen, nach meiner Mutter.«
»Komisch.«
»Ich will meine Mutter nicht mit einem Schwein vergleichen, Griswold, aber sie hat auch immer gelächelt.«
»Tatsächlich?«
Ich ließ den Motor an.
»Wie viel verlangen Sie für sie?«
»Emma ist nicht zu verkaufen.«
»Wie viel?«
Er kam näher und legte seine Hände auf das Autodach.
»Sie wollen sie wirklich?«
»Ja.«
Er kniff die Augen zusammen wie ein Mann, der sein Gewehr in Stellung bringt.
»Dreihundert.«
»Ich hasse es, taktlos zu sein, Griswold, aber Sie sind ein Drecksack. Abgemacht.«
Er lächelte.
Ich zog die nächsten dreihundert heraus, und er steckte sie in seine Tasche. Rom stand jetzt in den Sternen. Ich fuhr das Auto rückwärts zum Zaun, und wir hoben Maria hinein. Stupid wurde vor Freude hysterisch und sprang so hoch, dass er sich am Autodach den Schädel rammte. Grunzend und aufgeregt schlitterte sie über den Boden und fand schließlich in einer Ecke Wohlbehagen und Sicherheit. Stupid entdeckte einen Dreckfleck auf ihrem Bauch und wischte ihn sofort mit seiner Zunge weg.
»Was geben Sie ihr zu fressen, Griswold?«

»Abfälle. Ich habe eine Abmachung mit dem Decker Inn. Soviel Abfälle wie Sie wollen für einen Fünfer pro Monat. Ich sorge dafür, dass Sie nicht mehr bezahlen müssen. Bringen Sie Ihren eigenen Mülleimer mit.«
»Nein danke, von jetzt ab bekommt sie Korn und Mais.«
Griswold spuckte aus und sah mich spöttisch an.
»Wollen Sie einen guten Mülleimer kaufen?«
»Einen Mülleimer habe ich schon.«

25 Die Pferdekoppel war auf der nördlichen Hälfte meines Grundstückes, hinter einer Hecke aus Efeu, die das Gelände teilte. Es war eine kleine Weide neben einem Schuppen, wo Tina während ihrer Pferdephase zwei Sättel untergebracht hatte. Ich wollte Harriet überraschen. Ich wusste, dass sie glücklich und erleichtert sein würde über die Rückkehr des Hundes, und was das Schwein betraf, na ja, wenigstens war es kein Bullterrier. Außerdem mochte Harriet Schweine gern. In ihrer Kindheit hatte es Schweine gegeben, auf dieser Farm in der Nähe von Sacramento, wo sie aufgewachsen war. So leise wie möglich fuhr ich den Kombi durch den Eingang in der Hecke und lenkte ihn rückwärts bis zum Tor der Koppel.

Meine Vorstellung war, Harriet mit einem Bild rustikaler Idylle zu konfrontieren – der Hund und das Schwein tollen herum auf dem sauberen, nackten Erdboden – aber die Einfriedung war schäbig und vernachlässigt, zugewachsen mit Unkraut und übersät von Rattenlöchern. Da ich kein Unkrautmensch war, verschob ich das Saubermachen auf einen späteren Zeitpunkt.

Aus zwei Brettern baute ich eine Rampe für Marias Ausstieg aus dem Auto. Sie nahm den Abgang furchtlos und rutschte auf dem Bauch in den Pferch. Stupid sprang herunter zu ihr, und ich schloss das Tor. Schnüffelnd und genussvoll gurgelnd untersuchte Maria kurz ihre neue Umgebung und stampfte auf flinken kleinen

Hufen durch das Unkraut. Dann machte sie sich an die Arbeit und riss das Unkraut mitsamt der Wurzel aus. Stupid versuchte sich an ein paar Pflanzen und verlor schnell das Interesse. Ich stellte eine Waschschüssel unter den Hydranten und füllte sie mit Wasser. Die beiden zockelten hin und tranken daraus Seite an Seite.

Das lächelnde Schwein sah mich ununterbrochen an, und ich wusste, wir würden gut miteinander auskommen. Auf den Zaun gestützt, schaute ich zu, wie die Schnauze eine Furche zwischen den Rattenhügeln grub, ihr runder Rücken schimmerte im Sonnenlicht wie eine große Perle. Maria strahlte angenehme, bürgerliche Schwingungen von Dauer und Glauben in den Heiligen Geist aus. Sie war meine wiederauferstandene Mutter. Mit ihrer dreckverkrusteten Schnauze räkelte sie sich träge auf dem warmen Boden. Stupid ließ sich neben sie fallen und leckte ihre Schnauze ab. Noch nie hatte ich ihn so zufrieden gesehen. Seine Probleme waren verschwunden. Auf seinem Bärengesicht lag ein warmes Leuchten. Die düstere Melancholie hatte sich aufgelöst.

»Henry?«

Ich schaute hoch und sah Harriet, die mich von der anderen Seite der Hecke aus beobachtete. Ich winkte, sie solle näherkommen. Sie zögerte.

»Was ist das?«

Ich winkte ihr noch einmal zu.

Sie wirkte beklommen, als sie durch das Unkraut stapfte und um das Auto herum auf das Gelände kam. Das Schwein und der Hund lagen nebeneinander, die Titten des Schweines baumelten wie Ballons, aus denen die Luft herausgelassen worden war. Etwas zerbrach in Harriet, während sie schaute. Ich konnte fühlen, wie es in ihrem Inneren zusammenstürzte. Ihre Augen verließen den Pferch und legten sich auf mich. Sie bebten voller Mitleid, Verwirrung und Hoffnungslosigkeit. Ohne ein Wort drehte sie sich um und ging zurück zum Haus.

Ich saß hochaufgerichtet da und sah zu, wie sie von mir weg ging, weiter und weiter, mit ruhigen Schritten, vorbei an der Hecke, vorbei an der Garage, durch die Hintertür und hinein in die Tiefen des großen, leeren Hauses.

Ich starrte über das Haus hinweg in den Horizont der blauen Bucht. Im Sonnenlicht glänzend, brummte in der Ferne eine 747, als sie eine große Schleife über dem Meer flog und dann zurück auf das Festland zu, Richtung Osten nach Chicago, New York oder vielleicht Rom. Mein Blick fiel auf das weiße Dach des wie ein Ypsilon gebauten Hauses, vorbei an den Organzavorhängen hinter Tinas Fenster zu den Ästen einer großen Goldkiefer, in der immer noch die Überreste eines Baumhauses hingen, das Dominic gebaut hatte, als er ein Junge war, und dann wanderte mein Blick zu der verrosteten Stoßstange von Dennys Auto in der Garage, und darüber hing das zerrissene Netz von Jamies Basketballkorb.

Plötzlich fing ich an zu weinen.

Die Orgie

**Aus dem Amerikanischen
von Karl H. Mayer**

1 Frank Gagliano glaubte an alles, nur nicht an Gott. Er war ein sehr eigenartiger und ungewöhnlicher Bauarbeiter, denn er setzte die Ziegel mit der linken Hand. Und wie mein Vater kam Frank aus Torcella Peligna, einem Ort, der an einem Steilhang der Abruzzen klebte. Das ganze Jahr über trug er eine Lederkappe und Wickelgamaschen, er war spindeldürr und hatte solche O-Beine, dass ein Hund bequem zwischen ihnen hindurchmarschieren konnte.

Frank war der beste Freund meines Vaters – nicht immer, aber meistens. Immer und auf alle Ewigkeit war er der Todfeind meiner Mutter. Für meine Mutter war Frank Gagliano ein böser Teufelsanhänger und seine finstere Lebenseinstellung ließ ihr das Blut in den Adern gefrieren. Wie ein Priester ohne seine Kutte war für sie der Atheismus der würdeloseste Zustand des Menschen.

Man schrieb das Jahr 1925, und es war Sommer in Colorado. Ich war zehn Jahre alt. Ich saß mit Buck, meinem Airedale, auf den Stufen der Veranda, als mein Vater und Frank die Arapahoe Street hochkamen. Lange bevor sie in Sicht waren, hörte ich schon Franks schneidende, metallische Stimme, so laut und grell, dass die Ulmen zu zittern schienen. Buck öffnete ein Auge, stellte die Ohren auf und begann zu knurren. Er empfand dieselbe

Abneigung gegen Gagliano wie meine Mutter, die nun, nachdem sie seine dröhnende Stimme gehört hatte, mit einem Besen in ihrer Hand auf der Veranda erschien. Ihre grünen Augen blitzten vor Abscheu und sie stand über Buck und mir wie der Erzengel Gabriel, der das Grab des Herrn bewacht. Als Frank und mein Vater in den Hof einbogen, stellten sich Bucks Nackenhaare auf wie die Borsten eines Stachelschweins, und er knurrte mit gefletschten Zähnen. Meine Mutter hielt ihnen ihren Strohbesen entgegen.

»Bleib, wo du bist, Frank Gagliano!«, befahl sie. »Du bist in diesem Haus nicht willkommen.«

»Hör auf damit!«, verlangte Papa. »Dieser Mann ist mein Freund. Er wird mit mir ein Glas Wein trinken, und seine Ansichten gehen dich nichts an.« Er nahm Gagliano am Arm. »Komm, Frank. Hör nicht auf sie. Dies ist vor allem mein Haus.«

Doch Frank rührte sich nicht. Er lächelte schmierig und hob beschwichtigend die Hand. »Moment mal«, sagte er. »Damit das ein für allemal klar ist. Verehrte Frau, Sie sind zwar nicht mit dem einverstanden, was ich denke – aber habe ich Ihnen je etwas getan?«

»Sie hassen Gott!«, schleuderte meine Mutter ihre Worte heraus. »Und keiner, der Gott hasst, wird das Haus entweihen, wo ich mit meinem Mann und meinen Kindern lebe.«

»Sie verstehen mich völlig falsch, gnädige Frau«, sagte Frank und versuchte vernünftig zu sein. »Ich hasse Gott nicht. Ich glaube nur einfach nicht an ihn.«

Meine Mutter schnappte nach Luft. Frank hätte nichts Schlimmeres sagen können. Sie ärgerte sich über sich selbst, dass sie überhaupt mit ihm gesprochen hatte. Sie warf meinem Vater einen gefährlichen Blick zu.

»Schaff ihn hier weg«, warnte sie ihn. »Wenn er hereinkommt, gehe ich.« Sie verschränkte die Arme und drückte den Besen an sich. »Such dir's aus. Er oder ich!«

Ihr Ultimatum brachte Buck auf die Vorderbeine und ein heftiges Grollen kam aus seinem Innern. Franks kleine schwarze Augen richteten sich aufmerksam auf den Hund.

»Ich hab' auch nichts gegen Ihren Hund«, sagte er.

Mein Vater bedachte Mama mit einem giftigen Seitenblick und legte Frank freundschaftlich seine Hand auf die Schulter. »Weißt du was, Frank? Geh hinten herum zum Werkzeugschuppen, und ich besorg' den Wein. Dann trinken wir in Ruhe einen.«

»Ist mir recht«, sagte Frank. Er starrte auf Buck. »Und was ist mit der räudigen Töle?«

»Er wird dir nichts tun«, sagte Papa. »Er blufft nur. Ein Großmaul.«

»Das ist nicht wahr!«, sagte ich. »Er schafft alles und jeden!«

Frank machte einen Schritt vorwärts. Behende wie ein junges Mädchen trat meine Mutter von der Veranda herunter und verstellte ihm den Weg. Buck war sofort an ihrer Seite, knurrte und geiferte.

»Verschwinde von hier, Buck!«, befahl mein Vater. Er wandte sich an mich. »Räum den Köter aus dem Weg.«

Ich sprang auf und langte nach Bucks Halsband. Der wirbelte schnell herum und biss mich in drei Finger. Es war kein bösartiger, tiefer Biss, sondern nur seine Warnung, dass ich mich heraushalten sollte.

Ich heulte auf und lutschte an meinen Fingern. Meine Mutter zog mir die Hand aus dem Mund und untersuchte die Abdrücke der Zähne auf meinen Fingerknöcheln. Die Haut war unverletzt.

»Schau, was du getan hast!« Sie starrte Frank an. Wutentbrannt stieß sie ihren Besen wie ein Bajonett nach vorne. »Verlassen Sie meinen Grund und Boden!«

»Deinen Grund und Boden?« Vaters Stimme klang tief verletzt.

Frank zog sich auf die Straße zurück.

»Vergiss es«, höhnte er. »Vergessen wir die ganze Sache!« Seine Stimme schepperte zwischen den Häusern. »Ich denke, ich weiß, wann ich nicht erwünscht bin.«

Er schritt auf dem Gehsteig davon, Buck hing an den Fersen und schnappte nach seinen Wickelgamaschen. Mein Vater schrie vergeblich nach dem Hund. Plötzlich drehte sich Frank Gagliano herum und trat mit dem linken Fuß zu.

Obwohl er Buck verfehlte, stieß dieser ein Schreckensgeheul aus und rannte zur Straßenmitte. Aus sicherer Entfernung verfolgte er Frank mit wütendem Gebell.

Meine Eltern standen sich gegenüber. Es war eine der seltenen Gelegenheiten, bei der meine Mutter in einem Familienstreit ihren Willen durchgesetzt hatte. Ihre Entschlossenheit, nicht unter seinem bitteren Hohn zu brechen, ihre nachdrückliche Ablehnung und ihre blitzenden Augen zwangen meinen Vater widerwillig und verwirrt zur Aufgabe. Überdrüssig sank er auf die Verandastufen. Er nahm den Kopf in die Hände und schaukelte vor und zurück.

»Gott, hilf mir doch«, stöhnte er.

Meine Mutter stürmte an ihm vorbei ins Haus und knallte die Fliegentür zu. Er langte in seiner Brusttasche nach einem Zigarrenstumpen und stieß ihn zwischen die Zähne. Während er in seinen Hosentaschen nach einem Zündholz suchte, flog die Fliegentür auf und Mama betrat wieder die Bildfläche. Sie hielt eine Bastflasche vor ihrer Brust umklammert. Ich erkannte die Flasche. Sie enthielt Weihwasser – besonders für den Gebrauch im und um das Haus gesegnet.

(Meine Mutter und meine Großmutter verließen sich in vielen Dingen auf Weihwasser. Es wurde im Zimmer eines Kranken verspritzt oder im Zimmer eines Kindes, das schreiend aus einem Albtraum erwacht war. Während eines Unwetters wurde es an den Türrahmen geträufelt. In unserem Haus fand es seine hauptsächliche Verwendung im Dachboden, von wo wir zwei- oder dreimal im Jahr unerklärliche Schritte hörten.) Meine Mutter entkorkte die Flasche und ging die Stufen hinunter zu der Stelle, an der Frank Gagliano gestanden hatte. Sie goss etwas Wasser in ihre Hand und sprenkelte es auf den Boden. Dann ging sie zur Straße, verstreute die Wassertropfen wie ein Bauer seine Saat und befreite so den Hof von allem, was von Frank Gagliano zurückgeblieben sein mochte. Mein Vater war so angewidert, dass er den Kopf senkte und die Augen zusammenkniff, als könne er so diese Szene auslöschen. Als Mama zur Veranda zurückkehrte, erhob er sich und sah ihr mit stumpfem Blick entgegen. Schnell füllte sie ihre Hand mit Weihwasser und goss es ihm übers Gesicht.

2 Meine Mutter konnte zwar Frank Gagliano aus unserem Haus vertreiben, aber seine Verbindung zu meinem Vater war eine berufliche Tatsache, die sie hinnehmen musste. In diesem Jahr zogen mein Vater, Gagliano und noch ein Maurer die Wände vom neuen J. C. Penney Store in der Geschäftsstraße von Boulder hoch.

Ich war ebenfalls ein Mitglied der Arbeitertruppe meines Vaters – ich war der Wasserjunge. Jede halbe Stunde kam ich über das Baugerüst mit einem Eimer Trinkwasser, in das ich den Saft einer Zitrone gepresst hatte. Die Maurer tunkten einen Blechnapf in den Eimer, spülten den Mund, spuckten in die Tiefe und tranken.

Es war ein wertvoller und wichtiger Job für ein Kind, und das um so mehr die Mauer wuchs und das Gerüst höher wurde. Ein paar Schaulustige waren immer zur Stelle, wenn ich mit dem Eimer in der Hand die Leiter hochturnte. Oft stand einer meiner Spielgefährten unten und manchmal winkte ich kühn zurück. Mein Vater stattete mich mit derselben Zeitkarte aus wie die Mörtelträger und Maurer, und ich unterschrieb sie am Ende jedes Arbeitstages. Ein idealer Job, wenn man von der Anwesenheit von Frank Gagliano einmal absah.

Mittags hatte ich die Ehre, zusammen mit den Männern aus meinem eigenen Henkelmann zu essen, und die Maurer, Zimmerer und Elektriker behandelten mich wie einen Mann. Sie sprachen übers Jagen, Fischen und über Baseball, und sie hörten auf mich, wenn ich etwas sagte oder fragte. Aber kaum hatten die Arbeiter ihre Brotzeit beendet und griffen zur Zigarette, lenkte Frank Gagliano die Unterhaltung in seine Richtung. Bis dahin schweigsam, drängte er sich mit einer Einleitung wie dieser dazwischen: »Kennt ihr die Geschichte von dem Monsignore und den drei Ministranten?«

Seine scharfe, schneidende Stimme zog die Aufmerksamkeit sofort auf sich, denn die Männer mochten seine schlüpfrigen Geschichten. Dann machte er eine deutliche Pause, lang genug, damit mein Vater mich anblicken und nicken konnte. Das war das Zeichen, dass ich mich verdrücken sollte, und Frank konnte frei sprechen, ohne die hinderliche Gegenwart eines unschuldigen Jungen.

Mein Stolz war mehr verletzt als meine Unschuld, als ich mich wegstahl. Ich hasste Frank Gagliano dafür, dass er mich zu einem Kind degradierte, während doch die anderen mich als Mann behandelten.

Mir blieb dann immer nichts anderes übrig, als mich zähneknirschend auf einen Sandhaufen oder einen Stapel Bauholz zu setzen. Meine Mutter hatte recht, die wertlosesten und verabscheuungswürdigsten Menschen auf dieser Welt waren Atheisten. Gelächter brach aus, als Frank den Arbeitern die Pointe hinknallte, und ich hasste ihn von ganzem Herzen und schämte mich, dass ich so jung war.

Auf die eine oder andere Art trampelte Frank Gagliano ständig auf mir herum. Da war die Sache mit meinem Lohn. Mein

Vater zahlte mir drei Cent die Stunde, das waren 24 Cent pro Tag und einen Dollar zwanzig pro Woche. Das schien ein mehr als angemessener und großzügig klingender Betrag. Aber eines Tages kam ich darauf, dass die Maurer zwei Dollar die Stunde verdienten, und ich war tief enttäuscht über mein mickriges Gehalt. Eine Gehaltsanpassung erschien vernünftig, und so kletterte ich über die Leiter auf das Gerüst, auf dem mein Vater und Frank Gagliano Seite an Seite arbeiteten.

Ich sagte meinem Vater, dass ich nicht genug Geld bekäme. »Ich will eine Erhöhung.«

Er lehnte über der Mauer, sagte nichts und legte noch drei oder vier Ziegel. Dann richtete er sich auf, wischte sich den Schweiß aus dem Gesicht und schob seinen Hut ins Genick.

»Was glaubst du, was du wert bist?«

»Mehr als drei Cent die Stunde. Herrgott noch mal, ihr bekommt 200 Cent die Stunde! Das ist nicht fair.«

Er schaufelte eine Kelle voll Mörtel und klatschte ihn auf die frische Mauer. »Was ist dann fair? Wie viel willst du?«

Bevor ich antworten konnte, schmiss Frank seine Kelle auf das Mörtelbrett, sodass sie mit der Spitze stecken blieb. »Kann ich auch was sagen?«, sagte er scharf.

»Nur zu«, antwortete mein Vater überrascht.

Frank sah mich finster an.

»Schau mal, Großmaul. Es geht mich zwar nichts an, aber wer zum Teufel zahlt deine Schuhe?«

Mir blieb der Mund offen, ich war verblüfft.

»Mein Vater.«

»Und wer gibt dir zu essen und wer zahlt die Arztrechnungen und den Friseur, und wer gibt dir ein Dach über dem Kopf?«

Ich schluckte und nickte zu meinem Vater.

»Er.«

»So, und jetzt willst du ihm also in die Tasche fassen und ihn bestehlen wie ein kleiner billiger Gauner!«

In seine Tasche fassen? Ihn bestehlen? Ich und ein kleiner billiger Gauner? Ich konnte mir solche schlimmen Sachen nicht mal vorstellen. Meine Mutter hatte mit den Atheisten recht: Sie waren fürchterliche Leute, wahrlich eine Teufelsbrut. Tränen sammelten sich in meinen Augen, und in mir stieg ein wachsendes Gefühl der Wut hoch.

»Halt's Maul!«, sagte ich. »Du bist nichts als ein verdreckter, verfilzter, versauter Atheist!«

Er klatschte sich auf die Schenkel und bog sich vor Lachen. Ich wandte mich ab und rannte weg, das Gerüst entlang, die Leiter hinunter, am Ziegelstoß vorbei, über einen Wall von Zementsäcken hinweg, hinunter in den Keller, der riesig war und feucht roch.

Ich hasste Frank Gagliano, so wie ihn meine Mutter hasste und wie ihn mein Hund hasste. Ich stand auf einem Haufen von Ziegelscherben, und der Hass fraß mich schier auf. Ich hob kleine gezackte Ziegelstücke auf und zersplitterte sie an der frischen Betonwand.

Ich wünschte, Gott würde ihm den Tod bringen und anschließend über ihn richten. Zusammengekauert sollte er auf der Anklagebank sitzen und der zornige Finger Gottes sollte ihn zur Hölle verdammen. Ich malte mir aus, wie er dort schmoren würde, in einem großen Kessel mit heißem Öl. Der Teufel würde ausgelassen um Gagliano herumtanzen, sein roter Schwanz würde hin- und herpeitschen und er würde Gagliano mit einer dreizackigen Gabel durchbohren. Dann erlosch mein Hass, mein Arm tat weh vom Werfen der Ziegelbruchstücke, meine Finger waren aufgeschürft und brannten. Ich setzte mich in eine Ecke und verschränkte die Arme. Das war's. Ich streike. Der »kleine billige Gauner« würde den Maurern kein Trinkwasser mehr liefern. Sie werden schon sehen, wie es ohne mich ist.

Eine Stunde saß ich da, bis die Glocke des County-Gebäudes zwölf schlug. Ich beobachtete durch die glaslosen Fenster, wie die Maurer sich am Werkzeugschuppen versammelten und ihre Brotzeit auspackten.

Mein Vater tauchte im sonnenhellen Eingang auf, er suchte nach mir. Er sah mich am anderen Ende des langen Kellers und kam auf mich zu. Seine Schritte hallten vom Gewölbe zurück. Er stand über mir, sah auf mich nieder und sagte: »Geht's wieder?«

Ich nickte und er ging in die Hocke.

»Lass dir von Frank keine Angst machen. Er redet nur.«

»Kannst du ihn nicht rauswerfen oder wenigstens bestrafen?«

»Er ist ein guter Maurer, einer der besten.«

»Er ist ein Atheist. Und er bringt Unglück.«

»Jetzt redest du wie deine Mutter.«

Ich sah ihn an.

»Papa, glaubst du an Gott?«

»Was hat das damit zu tun?«

»Glaubst du, Gott mag es, wenn du jemanden einstellst, der nicht an ihn glaubt?«

»Sei kein Jammerlappen«, sagte er und stand auf. »Jeder will an Gott glauben. Weißt du das nicht? Und wenn jemand es nicht kann, dann kann er es eben nicht. Aber das geht nur ihn etwas an.«

Frank Gaglianos Stimme dröhnte los.

»Bist du da, Nick?«

»Hier«, rief mein Vater.

Frank kam auf uns zu. Schutt knirschte unter seinen Stiefeln. Ich steckte meinen Kopf zwischen die Knie, damit ich ihn nicht ansehen musste. Das ärgerte meinen Vater.

»Los, steh auf!«, befahl er.

Ich stand auf. Frank lächelte und streckte seine Hand aus. »Tut mir leid, dass ich dich geärgert habe, Junge.« Seine Hand

hing in der Luft wie die Zange eines Krebses.«Manchmal rede ich zu viel. Ich mein's nicht böse.«
»Geht in Ordnung«, sagte ich, und wir gaben uns die Hand. Er grinste und fuhr mir mit seinen Fingern durchs Haar. Er wandte sich an meinen Vater.»Hast du ihm von der Erhöhung erzählt?«
Papa lächelte.
»Dein Lohn ist auf satte fünfundzwanzig Cent pro Tag in die Höhe geschnellt.«
Rechnen war mein schwächstes Fach, aber fünfundzwanzig Cent pro Tag, das klang kolossal, und ich sagte, »Super, vielen Dank, Papa!«
»Es war Franks Idee«, sagte Papa großspurig.
Ich sah Gagliano an und lächelte dankbar und schuldbewusst. Ich hatte diesen Mann völlig falsch beurteilt. Atheisten sind vielleicht doch nette Menschen.
»Vielen Dank, Frank.«
»Schwamm drüber«, sagte er spöttisch. »Was Recht ist, muss Recht bleiben. Wie ich schon deinem Vater sagte: Du bringst uns ein höllisch gutes Wasser. Das Beste, das ich je getrunken habe.«
Wir lachten und machten uns auf den Weg durch den Keller zu unseren Esspaketen. Die anderen hatten schon mit dem Essen begonnen. Während der ganzen Mittagspause schwieg Frank, und die Männer sprachen vom Baseball und vom Fischen. Kein einziges Mal setzte er zu einem seiner Lieblingsthemen an: Nonnen, Priester, dem Papst oder irgendeinem seiner schmutzigen Mönche, die seine bizarre Gedankenwelt bevölkerten.
Nach dem Mittag errechnete ich mit einem Bleistiftstummel auf einem Holzbrett meine Erhöhung in Dollar und Cent. Ich konnte soviel nachrechnen, wie ich wollte, die Antwort blieb die gleiche: Die Gesamterhöhung pro Tag betrug genau einen Cent. Statt einem Dollar und 20 Cent pro Woche verdiente ich jetzt

einen Dollar und 25 Cent. Ich hatte um eine Erhöhung gebeten und – dank Frank Gagliano – war sie mir gewährt worden. Aber der Anstieg auf den neuen Lohn genügte kaum, um meine Zukunft zu sichern. Die Sache war klar. Frank Gagliano hatte mich reingelegt. Ich fühlte mich so minderwertig und unterdrückt wie immer.

3 Der Mörtelträger meines Vaters war ein Schwarzer namens Farley Vincent (Pat) Blivins. So stand es auf den Visitenkarten, die er herumreichte. Unter seinem Namen stand die Erläuterung: BERGBAU-UNTERNEHMUNGEN, und darunter seine Adresse: Hauptpostlagernd, Boulder, Colorado. Aber niemand sprach ihn jemals als Farley, Vincent, Pat oder gar Blivins an. Jeder nannte ihn nur Speed.

Er war ein großer, schmalbrüstiger Mann, der sich mit der schwerfälligen Anmut einer Boa Constrictor bewegte, und niemals ohne Pfeife im Mund zu sehen war. Er hatte die Pfeife so viele Jahre zwischen seinen sonst weißen und makellosen Zähnen stecken, dass sich eine runde Aussparung gebildet hatte.

Speed Blivins war ein Einzelgänger. Ob bei der Arbeit oder sonst wo, er hielt sich von den anderen Arbeitern fern. Weil er Kalk löschen und den Mörtel für die Maurer anrühren musste, kam er immer eine Stunde früher zur Arbeit als die anderen. Noch dazu war er elegant unterwegs: Üblicherweise kam er in einer schreiend gelben Marmon-Limousine mit roten Ledersitzen, Weißwandreifen und glitzernden Chrom-Verzierungen vorgefahren. Sein Marmon war ein Blickfänger, dieses Wunder auf Rädern zog Kinder an wie die Fliegen. Sie stellten die üblichen Fragen: Wie viel PS, wie hoch er drehte, was er Spitze fuhr, wie viel Sprit er brauchte. Speed stand den ganzen Tag vor der Baustelle des J.C. Penney Store, bereit für diese Fragen und beantwortete sie in einem weichen, geschmeichelten Tonfall. Nachdem die Kinder verschwunden waren, zog er ein Taschentuch heraus und wischte ihre Fettfinger von der kostbaren Lackfläche des Wagens.

Mein Vater und die anderen Maurer kamen stets in Arbeitskleidung zur Arbeit, nicht so Speed. Wenn er ankam, trug er schwarze Lederhandschuhe, einen Maßanzug, ein weißes Hemd mit Krawatte und polierte Schuhe. Er stieg aus dem Marmon, klemmte sich eine Ledermappe unter den Arm und schlenderte zum Werkzeugschuppen, wo er seine Kleider gegen einen Overall tauschte.

Bis um acht Uhr hatte er sich bereits ein Dutzend Mal die Gerüstleiter auf und ab geschlängelt, wobei er geschickt ganze Tröge voll Mörtel und Ziegelsteine zu den Arbeitsplätzen der Maurer brachte. Er war ihrem Bedarf immer ein gutes Stück voraus, und das gab ihm Zeit für seine Bergbau Unternehmungen.

Er öffnete die Ledermappe und nahm Bündel von Aktien heraus. Auf einem improvisierten Pult aus einem Mörtelbrett und übereinandergestapelten Ziegeln als Tischbeine breitete er sie aus. Speed Blivins war ein richtiger Spekulant. Er kaufte und verkaufte Minenanteile.

»Mörteltröge füllen bringt kein Geld«, sagte er mir. »Damit schlag' ich nur die Zeit tot, bis ich den Treffer mache.«

Jeden Tag zahlte er mir 5 Cent, damit ich zum Bahnhof rannte und die *Denver Post* holte, die gerade mit dem Zug aus Denver gekommen war. Er schlug den Wirtschaftsteil auf und prüfte den Fortschritt seiner verschiedenen Papiere, die er mit einem Ziegelstück beschwert hatte, damit sie nicht fortgeweht wurden. Es waren Pfenniganteile, von einem bis zehn Cent pro Aktie, die in Bündeln zu hundert, fünfhundert und tausend verkauft wurden.

Ich teilte Speeds Begeisterung an seinen Anteilen. Wölkchen von aromatischem Prince Albert Tabak stiegen aus seiner Pfeife, wenn er sagte: »Shasta Glory steigt, Mann. Zwei Punkte heute. Hab' gerade elf Dollar verdient.«

Bei den Namen seiner Aktien stockte mir der Atem. Golden Honey, Johns Folly, Colorado Boy, Molly Maguire, Silver Moon, Midas Touch, Lords Prayer. So oft seine Aktien stiegen, so oft fielen sie auch. Manche fielen und fielen von einem halben Cent auf einen Viertel und schließlich in die Bedeutungslosigkeit.

Nicht jedoch Shasta Glory, eine widerspenstige, wetterwendische Aktie. Nie blieb sie stehen, immer bewegte sie sich auf- oder abwärts. Shasta Glory fesselte mich so sehr, dass ich die Aktiennotierungen gleich aufschlug, nachdem ich die *Post* am Zeitungsstand des Bahnhofs gekauft hatte. Wenn Shasta Glory gestiegen war, rannte ich die drei Blocks zur Baustelle und wedelte aufgeregt mit der Zeitung, sobald Speed in Sicht kam. Wenn die Aktie gefallen war, ging ich langsam zurück und Speed kannte die Marktlage, bevor er auch nur einen Blick auf die Notierungen geworfen hatte. Er besaß 20.000 Anteile an Shasta Glory, dafür hatte er 200 Dollar bezahlt, seine größte Investition. Jedes Mal, wenn ich ihren Namen las – Shasta Glory –, konnte ich förmlich die seltsame Kraft dieser Aktie spüren. Speed hatte mir erzählt, was dahinter steckte – es war eine Goldmine in Wyoming. Sie war eine hoffnungsvolle Macht wie ein Riese, der tief in der Erde eingeschlossen war, bis er eines Tages ins Freie brechen würde.

Die anderen Arbeiter schmunzelten über Speeds Geschäfte. Mit einem Trog voll Mörtel beladen, bewegte er sich schwerfällig über das Gerüst und lächelte gutmütig, wenn ihn die Maurer Mr. Rockefeller nannten und fragten, wie die Dinge in der Finanzwelt stünden. Wenn Frank Gagliano der Mörtel ausgegangen war, rief er vom Gerüst herunter: »He, Geldsack, was ist los – schon zur Ruhe gesetzt?«

Aber mein Vater behandelte Speed immer mit dem Respekt, der einem guten Mörtelträger gebührte. Er tat es nicht nur, weil er seit zehn Jahren zuverlässig für ihn arbeitete, sondern auch aus einem ungewissen Gefühl heraus, dass Speed tatsächlich eines Tages schlagartig reich sein und abhauen würde – und gute Mörtelträger sind schwer zu bekommen.

Papa verteidigte Speed sogar. Frank behauptete, dass die Leidenschaft des Mörtelträgers für Aktien nichts anderes war als die Spielleidenschaft, die allen Schwarzen gemein sei.

»Er wäre besser dran, wenn er sein Geld für was rausschmeißen würde, was er kennt, Würfeln zum Beispiel. Was hat ein Nigger an der Börse verloren? Er spinnt.« Frank öffnete seine Proviantschachtel und biss kräftig in ein Salamibrot.

»Du fährst keinen Marmon«, antwortete mein Vater. »Und während du ein paar Stullen isst – wo, glaubst du, sitzt Speed?« Er zeigte mit dem Daumen in Richtung Pearl Street und nickte. »Er steckt im Tuxedo Cafe, schlürft Suppe und genehmigt sich das Spezialmenü. Also, wer spinnt, er oder du?«

4 An einem schwülen Morgen im August kamen mein Vater und ich zur Baustelle, und eine ungewöhnliche Stille irritierte uns. Irgendetwas fehlte. Mein Vater schob den Hut ins Genick und lauschte. Er hatte einen sechsten Sinn für Schwierigkeiten. Es fehlte das Rumpeln des Betonmischers, der nicht wie gewöhnlich in der Morgenluft rumorte. Er ging hinüber zu der kleinen mörtelbespritzten Maschine und sah sich um. Speed Blivins war nicht da.

»Er ist sicher krank«, sagte mein Vater. »Er muss krank sein.«

Die Glocke vom County-Gebäude schlug acht und, Mörtelträger hin oder her, Luke und Frank stiegen aufs Gerüst und gingen an ihre Plätze. Sie waren in der Gewerkschaft, sie erfüllten ihre Pflicht, sie waren bereit und willens zu arbeiten. Wenn es keine Ziegel zu legen gab und keinen Mörtel dazu, dann war das nicht ihr Problem. Sie bekamen trotzdem zwei Dollar die Stunde.

Mit einem enttäuschten Seufzer übernahm Vater Speeds Arbeit und begann Sand zu sieben. Er arbeitete heftig, mit unterdrückter Wut. Frank und Luke standen auf dem Gerüst, rauchten und sahen gemütlich zu. Ich nahm eine Schaufel. Ich wollte helfen.

»Hau ab«, brummte mein Vater.

Er richtete seine Aufmerksamkeit auf den Betonmischer und schlang ein Seil um das Startrad. Aber die Maschine sprang nicht an. Zwanzigmal legte er das Seil um das Schwungrad, aber die Maschine würgte, spuckte und bockte wie ein Maultier, das nur Speed gehorchte. Fast eine halbe Stunde lang kämpfte mein Vater mit ihr, trat, verfluchte und stieß sie, bis seine Hände mit Schmierfett bedeckt waren und sein Ärger förmlich zu riechen war wie der stechende Geruch von Schwefel. Ich zog mich ängstlich zurück und versteckte mich hinter einem Stapel Ziegel.

Die Wut meines Vaters richtete sich nicht gegen Speed oder die umherstehenden Maurer oder gar gegen den Betonmischer. Es war der allmächtige Gott, den er anklagte. Gott, der vielleicht Armlängen entfernt war, der ihn quälte und sich über ihn lustig machte und kehlige Flüche aus ihm hervorbrachte.

Sogar als die Maschine endlich startete – sie tat es mit einem plötzlichen und munteren Knall von lustigem, blauen Rauch – galt sein triumphierendes boshaftes Lächeln nicht dem Sieg über die Maschine, es war vielmehr ein höhnisches Grinsen zum allmächtigen Maschinisten, der es wieder einmal nicht geschafft hatte, ihm ein Bein zu stellen.

Aber die schwere Prüfung an diesem Augustmorgen hatte gerade erst begonnen. Nachdem er den Mischer mit den Zutaten gefüllt hatte, die sich zu Mörtel verbinden würden, begann er einen Trog mit Ziegeln zu füllen. Leider war er nicht Speed Blivins, ein enorm starker Mann, groß, grobknochig und mit zähen Muskeln. Er war klein und stämmig, und bei ihm lag die

Stärke in Armen und Händen. Voller Angst sah ich zu, wie er wagemutig mit der trägen Masse eines Trogs und dreißig Ziegeln auf seinen Schultern die Leiter hochstieg. Sein Gesicht lief blau an, seine Augen traten hervor und seine Halsadern wurden dick wie Seile. Auf der halben Höhe der Leiter hielt er zitternd an, und ich bebte mit ihm, litt mit ihm, betete für ihn und hasste mich dafür, dass ich erst zehn war und so gänzlich nutzlos.

Aber all das war jetzt überflüssig, denn die Entschlossenheit meines Vaters verlieh ihm die Stärke von zehn Männern. Er würde es Luke und Frank beweisen oder dabei sterben. Er lud die Ziegel ab, stieg hinunter, füllte den riesigen Trog mit Mörtel und machte sich wieder zur Leiter auf. Ich dachte, das würde er nicht überstehen. Sogar Gagliano schrie, er solle aufhören, sich wie ein Narr zu benehmen, und es für heute bleiben lassen.

»Bitte, hör auf«, bettelte ich. »Du tust dir weh!«

Er zuckte zusammen, als er seine gequetschte Schulter gegen den Trog stemmte. Er trat zurück und rieb die schmerzende Stelle. Er zeigte auf einen Haufen leerer Zementsäcke und befahl mir, ihm einen zu geben. Er faltete ihn mehrmals zu einem Polster und legte es auf seine Schulter. Dann ging er unter den Trog und wuchtete ihn hoch.

»Da!«, schnappte er. »Probier's doch, verdammt noch mal, halt mich doch auf!«

Er sprach weder zu mir noch zu den Maurern noch zu sich selbst. Er richtete sich an Gott. Er taumelte die Leiter hoch wie der unters Kreuz gebeugte Heiland. Inzwischen hatte sich eine kleine Menge auf der Pearl Street versammelt, die ihn mit stummer Faszination beobachtete. Ihre Gegenwart spornte ihn in seiner Zähigkeit an, es machte ihm geradezu Freude, die lächerliche Tatsache zu beweisen, dass ein Packesel gleich einem Maultier war.

Es war ein langer, endloser Vormittag für meinen Vater. Während der Mittagspause schlief er ein. Er lehnte gegen den Werkzeugschuppen und schnarchte, als wäre es Nacht geworden und er würde in seinem Bett schlafen. In seiner schlaffen Hand hielt er ein Sandwich.

Um ein Uhr rüttelte Frank ihn wach.

»Lass es gut sein für heute«, sagte er.

»Wieso?«, knurrte Papa und kam taumelnd auf die Beine.

»Besorg dir einen neuen Mörtelträger, bevor du dich selber umbringst.«

»Speed ist mein Mörtelträger. Du gehst an diese Mauer und legst weiter Ziegel.«

Frank sah mich an. »Weißt du, was mit deinem Alten los ist? Er ist durchgedreht.« Er und Luke stiegen aufs Gerüst.

So leise wie möglich sagte ich: »Frank hat Recht, Papa. Wenn Gott wollte, dass du Mörtel trägst, dann hätte er dich so groß gemacht wie Speed.«

»Gott ist ein Schwätzer wie alle anderen«, sagte er und ging zum Betonmischer. Seine Beine waren so steif, dass er hinkte. Er stand vor der Maschine, als hätte er Angst vor ihr. Dann wand er das Seil um das Startrad. Er richtete seinen Blick zum Himmel und flehte: »Bitte, nur einmal!«

Er riss an dem Seil. Die Maschine hustete, explodierte und stieß ein paar schmatzende Schnaufer aus, und blieb schließlich still.

Als er das Seil erneut herumschlang, hielt Speed Blivins' gelber Marmon am Straßenrand. Neben dem fein angezogenen Speed saß ein starker Schwarzer im Overall. Die Männer stiegen aus und gingen zu meinem Vater hinüber. Speed zog seine Handschuhe aus.

»Du bist spät dran«, sagte mein Vater.

»Ich arbeite nicht mehr für dich«, sagte Speed. Er wandte sich zu seinem Freund, der größer und breiter war als er selbst. »Das ist Terence Clipp. Er wird für mich weitermachen.«

»Mörtel!«, verlangte Frank Gagliano vom Gerüst aus.
»Also mach schon«, sagte mein Vater zu Terence.
Der riesige Mann trat vor den Mixer und schlang das Seil um den Starter, als würde ein Kind ein Spielzeug aufziehen. Er schnalzte kurz mit der Leine und die Maschine brach in ein hungriges Knattern aus, als verlangte sie nach Futter. Terence schnappte sich eine Schaufel und begann das sich drehende, gefräßige Maul mit seiner Lieblingsspeise zu füttern: Sand, Wasser, Zement und Kalk. Mein Vater sah beifällig zu.
»Guter Mann«, sagte er.
»Ein Felsbrocken«, sagte Speed. »Er hat neun Kinder. Er wird dich nie verlassen so wie ich.«
»Was ist passiert?«
Er grinste mich an. »Frag den Jungen.«
Plötzlich wusste ich es. »Shasta Glory!«, sagte ich.
»So heißt das Baby.«
»Deine Aktien?«, fragte Papa.
»Gestern waren sie auf vier Cent unten«, sagte ich gewichtig. Mit meinem Wissen überraschte ich Vater.
»Ich hab' bei 43 verkauft, vor einer Stunde«, sagte Speed lächelnd.
Ich sagte: »Wow!« und versuchte 43 mit 20.000 zu multiplizieren, aber ich errechnete erst drei Stunden später, nachdem ich mehrere Bretter mit Zahlen vollgeschrieben hatte, dass sich Speeds Vermögen auf 8.600 Dollar belief.
»Ich hab' etwas für dich«, sagte Speed zu Papa.
»Du schuldest mir nichts.«
Speed lachte. »Vielleicht habe ich genau das Richtige für dich.«
Er ging zum Wagen zurück und hob seine Ledertasche heraus. Er entnahm ein gefaltetes Dokument und gab es meinem Vater. Verblüfft klappte es Papa auf und studierte es, er drehte es sogar um und überflog die leere Rückseite.

»Verlang nicht von mir, dass ich Aktien kaufe«, sagte er und wollte es zurückgeben. »Ich bin ein armer Mann.«

»Es ist keine Aktie«, sagte Speed, und wehrte das Papier ab. »Es ist der Claim an einer Mine.«

»Eine Mine.«

»Eine Goldmine.«

»Gold!« Mein Vater flüsterte es wie ein heiliges Wort, dann schüttelte er traurig den Kopf. »Das kann ich mir nicht leisten.«

»Ich schenke sie dir!«, sagte Speed. »Ich hab' sie schon überschrieben. Sie gehört dir, umsonst und eindeutig.«

Das Lächeln meines Vaters wich einem zweifelnden Gesichtsausdruck, denn nie zuvor hatte ihm jemand etwas geschenkt, schon gar keine Goldmine. Was er besaß, hatte er im Schweiße seines Angesichts verdient. Er lächelte Speed misstrauisch an und hielt ihm das Papier hin. Speed grinste und rührte keinen Finger.

Die Zweifel meines Vaters machten mich verrückt. Ich hätte ihm am liebsten einen Tritt versetzt.

»Nimm sie, Papa!«

»Wo liegt die Mine?«, fragte er.

»18 Meilen tief im Boulder Canyon.« Speed öffnete den Plan in dem Dokument und zeigte ihm die Lage der Mine. Sein rosafarbener Fingernagel deutete an den unteren Rand der Seite. Er überragte meinen Vater um einiges. »Siehst du? Das ist dein Name. Du bist der neue Besitzer.«

»Bei Gott, du hast recht!«, rief mein Vater. »Das ist ja mein Name!« Erfreut streckte er ihm die Hand entgegen. »Besten Dank!« Sie schüttelten sich die Hände.

»Und was mache ich jetzt?«

»Du gräbst«, sagte Speed. »Und du gräbst immer weiter, weil in dem Loch gutes Erz steckt, und die einzige Möglichkeit, es zu finden, ist mit einer Hacke und einer Schaufel. Und noch was musst du tun: beten. Du betest und du gräbst, aber grab mehr als du betest und überlass den Rest der alten Yellow Belly.«

»Yellow Belly?«

»Das ist ihr Name.«

Wir verabschiedeten uns und Speed fuhr weg. Wir standen am Randstein und sahen ihm nach, bis sein Marmon nach links in die zwölfte Straße abbog.

»Netter Kerl«, sagte mein Vater.

Er fuhr in seine Hosentasche und holte eine Handvoll Zündhölzer, Münzen, Nägel und Zahnstocher hervor. Er klaubte durch den Tascheninhalt, pickte ein 5-Cent-Stück heraus und gab es mir.

»Kauf dir was«, sagte er.

»Mörtel!«, schrie Frank Gagliano.

5 Mein Vater hatte zwei Gründe, Frank Gagliano zum Partner in dem Yellow-Belly-Unternehmen zu machen. Der Erste war die Fahrgelegenheit, denn er hatte kein Auto, wohingegen Frank einen Reo-Lastwagen besaß. Eine Maschine, die einem die Knochen durchschüttelte, mit Vollgummireifen und kettengetriebenen Rädern, auf Bergwegen langsam, aber sicher.

Meine Mutter versetzte diese Partnerschaft in Aufruhr.

»Der Wagen eines Atheisten!«, sagte sie. »Ich würde lieber laufen.«

»Glaubst du, dass auch der Wagen nicht an Gott glaubt?«

»Es ist nicht der Wagen. Es ist der Fahrer.«

Er erklärte den zweiten Grund für die Partnerschaft. »Frank kennt sich im Bergbau aus. Er hat in Cripple Creek gearbeitet.«

»Er wird nie Gold finden«, sagte Mama theatralisch. »So sicher Gott die Welt erschaffen hat, wird er diesen Mann nichts finden lassen, auch wenn er eine Million Jahre lang gräbt.«

Das bedrückte meinen Vater. »Das habe ich davon, dass ich meine Sorgen einer Frau erzähle.«

Mittags auf der Baustelle zogen sich Frank und mein Vater von den anderen Arbeitern zurück, um ihre Pläne zu besprechen. Mir wurde erlaubt, diesen Gesprächen beizuwohnen, vorausgesetzt, ich hörte nur zu und machte keine Vorschläge. Frank hatte die Chancen für Bergbau in der Gegend von Yellow Belly erforscht und fand sie vielversprechend.

»Es gibt dort oben auch eine Menge Silber«, sagte er. »Wir müssen die Augen offen halten.«

»Wir sind hinter Gold her«, sagte Papa.

»Spuckst du auf eine Silberader?«

Mein Vater lächelte und gab zu, dass er das eine vom andern nicht unterscheiden konnte.

»Sei froh, dass du mich als Partner hast«, sagte Frank. »Allein würdest du bloß Narrengold ausgraben, das ist so sicher wie das Amen in der Kirche.«

Mein Vater musste zugeben, dass er noch nicht einmal vom Narrengold gehört hatte.

»Eisenkies«, sagte Frank und lächelte geheimnisvoll. »Schon viele Männer sind durchgedreht, weil sie glaubten, Eisenkies sei das echte Zeug. Aber du lebst, um zu lernen. Ich habe mich auch ein paar Mal getäuscht.«

Sie planten ihren ersten Ausflug zur Mine für Sonntag.

»Kann ich mitkommen?«, fragte ich.

Keiner antwortete, damit hatte sich die Frage erledigt.

Frank leerte den letzten Rest Wein aus seiner Thermosflasche.

»Etwas gefällt mir nicht an dieser Mine«, sagte er und rülpste. »Der Name. Yellow Belly. Ich mag ihn nicht.«

»Was macht das schon?« Papa zuckte mit den Schultern.

»Yellow Belly bedeutet Feigling. Kein Glück bringender Name für eine Mine.«

»Wie wär's mit Bella Napoli?«, schlug Papa vor.

»Klingt wie ein Restaurant«, sagte Frank.

Sie schwiegen eine Weile und dachten an Namen. Dann erinnerte ich mich an Shasta Glory.

»Wie wär's mit irgendwas mit Shasta darin?«, bot ich an. »Wie wär's mit Shasta Victory?«

»Das ist ein Rennpferd«, sagte Frank und schaute finster. »Wegen der Mähre habe ich mein letztes Hemd verloren.«

Wieder war Stille. Sie rauchten und überlegten.

»Wie wär's mit Bella Roma?«, sagte Papa.

»Irgendwie hast du's mit Bella«, antwortete Frank.

»Na gut«, sagte Papa. »Lasst uns bei Yellow Belly bleiben.«

Frank sprang sofort auf. »Dann such dir besser einen anderen Partner, ich arbeite nicht in einer Mine, die so heißt.«

Papa wurde wütend. »Dann sag doch was! Nenn sie, wie du willst!«

Franks Blick richtete sich in eine ungewisse Ferne.

»Wir nennen sie Red Devil«, sagte er. »Old Red Devil.«

Mein Vater zuckte sichtlich zusammen, aber er konnte nicht mehr zurück.

»Okay«, sagte er. »Beschlossen. Sie heißt Red Devil.«

Frank nahm seinen Napf und ging zum Werkzeugschuppen.

»Das wird Mama nicht gefallen«, sagte ich.

»Musst du alles deiner Mutter erzählen?«

Ich versprach, dass ich es nicht tun würde.

6 An einem Sonntagmorgen standen wir alle fertig angezogen für die Acht-Uhr-Messe um den Küchentisch herum und sahen meinem Vater bei den Vorbereitungen für seinen Ausflug zur Mine zu. Er legte Proviant in eine Holzschachtel: Brot, Käse, Tomaten, Zwiebel, Salami und einige Weinkrüge.

Meine Mutter sah überrascht auf den ganzen Vorrat.

»Wie lange willst du wegbleiben?«

»Ich werde heute Abend zurück sein. Und vergesst nicht, was Speed gesagt hat: graben und beten. Ich will, dass alle um unser Glück beten. Ich grabe und ihr betet. Wenn wir Gold finden, wird alles anders. Zuerst kaufe ich ein neues Haus.«

»Kann ich ein neues Fahrrad haben?«, fragte Frederick.

»Klar.«

Meine Mutter hatte Haarklammern in ihrem Mund und strich mit einem Kamm durch ihr langes Haar.

»Ich werde dafür beten, dass du mit diesem Tunichtgut Frank Gagliano nicht in Schwierigkeiten gerätst.«

»Mach dir keine Gedanken um Gagliano. Alles, was du tun kannst, ist um Gold beten.«

»Ich werde meine Kommunion dafür geben«, sagte meine Schwester Clara.

»Ich auch«, sagte Frederick.

»Wem werdet ihr sie geben?«

»Gott.«

»Nicht gut«, sagte Papa. »Das bringt kein Glück.«

Meine Mutter hielt den Atem an. »Gott – bringt kein Glück? Du sprichst schon wie Frank Gagliano!«

»Ich bin fast fünfzig, und Gott hat noch nie etwas für mich getan.«

»Er hat uns alles gegeben«, sagte Mama. »Unsere Familie, unser Heim, das Essen auf unserem Tisch, Gesundheit. Was willst du mehr?«

»Das ist 'ne Menge. Das kann ich auch selber.«

»Ich will, dass du damit aufhörst, unseren Herrn vor deinen eigenen Kindern schlecht zu machen.«

»Alles, was ich sage ist: Er bringt kein Glück. Warum probiert ihr's nicht bei jemand anderem? Wie wär's mit einem Heiligen: San Antonio, San Rocco? Oder San Gennaro?« Er musterte uns Kinder. »Hat schon mal einer zu San Gennaro gebetet?«

»Noch nie von ihm gehört«, sagte ich.
»Der ist nämlich der Schutzpatron von Neapel. Hat mir oft einen Gefallen getan, als ich so alt war wie du.« Er nickte ernsthaft. »Versuch's heute mit ihm. Erzähl ihm von der Mine deines Vaters. Sag ihm, dass er uns das Gold zeigen soll.«
»Ich werde zu Santa Clara beten«, sagte Clara. »Sie ist so wahnsinnig lieb.«
»Versuch's mit ihr. Irgendjemand da oben muss deinem Vater eine Chance geben.«
»Ich werd's mit St. Joseph probieren«, sagte Frederick. »Ich wette, er wird dir helfen, Papa. Er war Zimmermann.«
»Ich kann Zimmerleute nicht leiden«, sagte Papa. »Am besten ihr sucht einen alten Heiligen, der nie etwas zu tun kriegt. Irgendeinen alten Heiligen, den man die letzten fünfhundert Jahre vergessen hat.«

Von der Straße her kam das Klappern von Franks Lastwagen, der einen solchen Lärm machte, dass er fast seinen eigenen Hupton erstickte. Durch das Küchenfenster sahen wir, wie der Lastwagen anhielt. Mein Vater hob die Kiste mit den Vorräten auf seine Schulter und eilte zur Hintertür hinaus.

Plötzlich wurde Mama ängstlich und rannte ihm nach und rief nach ihm, aber der Lärm des Lasters übertönte ihre Stimme. Papa trat auf die Straße und stellte die Kiste hinten auf den Laster. Er drehte sich um und sah sie winken. Widerwillig kam er zum Haus zurück und fragte: »Was willst du?«

Sie musterte ihn von der Veranda herab mit einem äußerst melancholischen Blick. »Gestern Nacht hatte ich einen ganz schrecklichen Traum«, sagte sie. »Es war ein Zeichen von Gott. Du warst unten auf dem Grund der Mine und er warf große Felsbrocken auf dich. Er hat dich lebendig begraben.«

Mein Vater starrte sie mit offenem Mund an.
»Von was zum Teufel redest du?«

»Ich rede über ihn«, sagte sie und sah in Franks Richtung.
»Frank? Du bist verrückt.«
Er machte sich wieder auf den Weg zum Lastwagen.
»Sei vorsichtig!«, rief sie. »Es wird etwas Schreckliches geschehen.« Mein Vater schüttelte nur seinen Kopf und stieg zu Frank in den Laster. Das Getriebe krachte, als das Auto davonfuhr.

7

Die Idee meines Vaters, zu einem lange vergessenen Heiligen zu beten, faszinierte mich. Es war eine außergewöhnliche Idee, die sehr vernünftig klang. Heilige waren warmherzige, großzügige Wesen, die sich danach sehnten, den leidenden Seelen auf der Erde zu helfen. Aber wie mein Vater klargestellt hatte, waren die bekannteren unter ihnen mit Tausenden von Wünschen überlastet.

Das Geheimnis eines erfüllten Gebets lag darin, dass man es an einen uralten, seit tausend Jahren vergessenen Bischof richtete, einen bemitleidenswerten alten Kerl im Himmel, der vergeblich auf jemanden wartete – einen Niemand wie mich, der sein Herz um alles Mögliche erleichterte. Vor allem wusste ich genau, wo ich den Namen einer solchen erhabenen und vergessenen Person suchen musste. In der Schulbibliothek, in »Das Leben der Heiligen«.

Ich schlüpfte aus der Menge, die sich vor der Kirchentür versammelt hatte, und überquerte die Spielwiese der Schule. Auf Zehenspitzen schlich ich zur Bibliothek im zweiten Stock. Schon im ersten Band der »Heiligen« fand ich sofort, was ich suchte.

Seine Name war Sankt Stefan, Bischof von Schweden. Er war 1075 gestorben. In seiner Biografie stand: »Es ist weder über seinen Geburtsort etwas bekannt, noch über seine Eltern oder seine Jugend; tatsächlich weiß man sehr wenig über ihn.«

Volltreffer! Ein Heiliger aus einer verlorenen Zeit, ein verlassener, vergessener heiliger Mann, ein Jünger Gottes aus einer so tiefen Vergangenheit, dass sein Geburtsort, selbst seine Mutter und sein Vater aus unserem Gedächtnis gelöscht waren. Und doch war er ein Heiliger, der im Himmel unter all den Größen und Berühmtheiten der Kirche lebte. Vor fast neunhundert Jahren hatte er die Erde verlassen – aber, wer von den Lebenden hatte zu ihm gebetet? Bestimmt nicht viele. Kaum jemand. Vielleicht überhaupt niemand. Bis ich kam. Das war meine kostbare Entdeckung. Der alte Sankt Stefan, Bischof von Schweden, Mitglied der Gemeinde der Heiligen, ein Verlorener im Paradies, vergeblich wartend, mit erbleichten Haaren, eine Heiligenstatue mit Spinnweben an den Ohren, der auf einen Ruf von der Erde wartete, ein Flehen, ein Gebet, das um Hilfe rief.

Erfreut und angeregt schloss ich das Buch. Ich hatte mich auf den Zauber der Unsterblichkeit eingestimmt. Ich war unbesiegbar und unsterblich geworden, erfüllt mit einer geheimnisvollen Kraft. Beim ersten Anflug eines Gebets würde mein Mann im Himmel den Staub aus seinem Bart klopfen und sein ehrwürdiges Gesicht würde sich in ein mildes Lächeln verklären, für das einzige menschliche Wesen in der Welt, das sich an ihn erinnerte, einen Jungen aus Boulder, Colorado, USA.

Mit verklärtem Blick rannte ich davon, auf Adlerschwingen sauste ich die Treppen hinunter und um die Kirche herum zum Haupteingang. Ich kniete in einer der hinteren Reihen nieder und begann zu beten.

Ich betete flammend, ich wurde förmlich zur Fackel, es knackte und knisterte, ich verzehrte mich nahezu. Es schien mir, dass ich von diesem Augenblick des Lebens an verändert war. Ich wurde wiedergeboren, ich war ein neuer Mensch. Dem Bischof etwas über die Goldmine meines Vaters zu erzählen, schien kaum nötig. Schon bevor sich der Gedanke überhaupt zur Idee geformt hatte, war ich mir sicher, dass Papa schlagartig reich geworden war, er war auf einen Berg von glitzerndem Erz gestoßen, wir waren unglaublich wohlhabend und mächtig, und unser altes Ziegelhaus hatte sich in ein Schloss aus weißem Stein verwandelt, mit Türmchen und Wimpeln, und einer Menge Dienern: Butlern, Zimmermädchen, Köchen, Gärtnern und Chauffeuren.

Nach der Messe rannte ich hinaus, um auf meine Mutter zu warten. Ich suchte in der Menge nach ihrem Gesicht und fragte mich, ob sie der Zauber des Sankt Stefan auch erreicht hatte. Sie kam mit der üblichen gequälten Miene auf mich zu, sah mir scharf ins Gesicht und fragte: »Geht's dir nicht gut?«

Ich sagte, dass alles in Ordnung sei, und ging weg. Die Flamme erlosch schnell und der Zauber blätterte ab. Die Leute um mich herum waren zu banal, zu sterblich. Fette Frauen, die am Arm ihrer Männer gingen, schrumpelige alte Damen auf unsicheren Beinen, Kinder, die quasselten und sich herumschubsten, Regenpfützen von der letzten Nacht.

Aber das Schloss und das Gold meines Vaters – waren das auch Illusionen? Ich rannte nach Hause. Die zwölfte Straße hinunter, über die Fahrbahn und die Brücke. Im Westen ragten die roten Felsen der Berge scharf in den Himmel, grausam zerhackt von neuen Straßen und Aushöhlungen. Nichts hatte sich geändert. Die Welt und unser Haus waren die Gleichen geblieben. Missmutig setzte ich mich auf die oberste Verandastufe.

8 Am nächsten Morgen nach dem Frühstück verhielt sich mein Vater sicher nicht wie ein Mann, der schlagartig reich geworden war. Seine Augen hatten etwas von zerquetschten Weinbeeren, sein Gesicht war vom Wein gerötet und er war sehr kleinlaut.

»Hast du Gold mitgebracht?«, fragte Frederick.
»Nein.«
»Sind wir jetzt nicht reich?«, sagte Clara.
»Nein.«

»Vielleicht hast du an der falschen Stelle gegraben«, sagte Mama.
»Vielleicht.«
»Sollen wir weiter beten?«, fragte Clara.
»Kann nicht schaden.«
Am folgenden Wochenende waren er und Frank wieder in der Mine und fuhren wie gewöhnlich am Samstag mit ihrer Kiste an Essvorräten, Decken und Weinkrügen weg. Sonntag, spät nachts, kamen sie dann zurück, Frank hielt am Randstein und Papa taumelte müde zum Haus. Seine Kleider waren mit rötlichem Schlamm verdreckt und er war so erschöpft, dass Mama ihn ausziehen und ins Bett dirigieren musste. Er stank nach Wein.

Daraus wurde ein wöchentliches Ritual. Der Sommer flog vorbei, wir vergaßen die Träume vom Gold und richteten uns wieder ein in unserer bequemen Armut, die gelegentlich ein wenig bereichert wurde, wenn Papa Forellen, Pilze oder wilde Erdbeeren aus den Bergen mitbrachte.

Einmal überraschte er uns mit einem Sack voll von leuchtend gelben Steinen, so groß wie Baseballs. Es waren schimmernde Bruchstücke von bernsteinfarbenem Quartz, durchzogen von schwarzen, kristallinen Adern.

Ehrfürchtig hielten wir die Stücke in unserer Hand. Sie waren sehr schwer. Sie schienen enorm wertvoll zu sein.
»Gold!«, hauchte Frederick.
»Eisen«, sagte Papa.
»Wie viel ist es wert?«
»Nichts.«
»Nicht einmal 5 Cent?«
»Nicht einmal einen Penny.«

In einem Ausbruch von Großzügigkeit gaben wir den ganzen Sack voller Steine meiner kleinen Schwester. Sie schleppte ihn in eine Ecke der Küche und verlor sich in ihrer Fantasie.

Mittlerweile war meine Mutter sehr besorgt. Ihre düsteren Prophezeiungen über die Mine schienen wahr zu werden. Mein Vater war müde und traurig und schimpfte über alles. Sie gab Frank Gagliano die Schuld und sah die Mine als Teufelsloch in einem Berg, wo ein böser Atheist einen guten Christenmenschen dazu verführte, sein Gehirn mit Wein außer Gefecht zu setzen. Und obwohl sie nie davon sprach, wusste ich, dass sie den Verdacht hatte, dass sie Frauen dorthin mitnahmen. Sie schüttelte die verdreckten Decken aus, die Papa zurückbrachte, und roch mit Verachtung daran. Sie hielt sie von sich gestreckt wie eine tote Katze, als sie sie in die Waschmaschine fallen ließ. Es waren filzige Lumpen, weingetränkt, feucht und widerwärtig.

»Nächste Woche gehst du mit ihnen hinauf«, sagte sie.

Ich weigerte mich.

»Ich muss wissen, was dort oben vor sich geht.«

»Zwei Maurer, die sich besaufen, das ist dort oben los.«

»Trotzdem, du gehst mit.«

»Das soll Papa entscheiden.«

Mein Vater wollte nichts davon hören. »Du musst verrückt sein. So eine Mine ist nichts für ein Kind. Es ist gefährlich.«

»Was ist so gefährlich daran?«

»Klapperschlangen, Steinschlag. Er könnte sich ein Bein brechen. Es ist eine Wildnis.«

Sie lachte verächtlich.

»Gefährlich, du meine Güte! Wie wäre es dann, wenn ihr mich mitnehmt?«

»Das ist kein Ort für Frauen oder Kinder.«

»Du nimmst ihn mit!«

Papa sah mich bittend an. »Willst du da hinaufgehen und in dem Dreck herumwühlen, dich fertigmachen, sodass dir jeder Knochen wehtut, willst du das? Magst du Rückenschmerzen vom Hacken und Schaufeln? Felsbrocken kommen runter, du rutschst

ständig im Schlamm aus, du hast Blasen an den Händen von vierzehn, fünfzehn Stunden Arbeit, und dann kommst du heim und hast nichts zum Herzeigen? Ist es das, was du willst?«
»Um Himmels willen, nein«, sagte ich.
»Er will nicht mitgehen«, sagte Papa.
»Er wird mitgehen und dabei bleibt es.«
Diese Neuigkeit erfüllte Frank Gagliano kaum mit Freude. Am nächsten Tag bei der Arbeit nahm er mich am Arm und führte mich zu dem Stapel Bauholz hinüber. Seine Augen waren kalt und glasig.
»Warum hältst du nicht deine Nase aus den Angelegenheiten anderer Leute heraus?«, sagte er.
»Worüber redest du?«
»Die Red Devil Mine ist kein Platz für eine Rotznase.«
»Wen nennst du eine Rotznase?«
»Warum lässt du uns nicht in Frieden? Ist es nicht genug, dass dein alter Herr dich füttern und dir neue Schuhe kaufen muss, musst du ihm auch noch das Wochenende damit verderben, dass er Babysitter spielen muss?«
»So kannst du nicht mit mir sprechen, schließlich bist du nicht mein Vater.«
»Gott sei Dank bin ich's nicht!«, winkte er ab.
Am liebsten hätte ich ihn mit der Faust geschlagen und getreten.
»Jedenfalls komme ich am Sonntag mit. Ich wollte zwar eigentlich nicht, aber jetzt erst recht!«

9 Die Mine lag eine Meile von der Boulder Canyon Road entfernt, es ging eine kaum sichtbare Abzweigung hinunter, gerade breit genug für Gaglianos bockenden Lastwagen. Sie lag nur achtzehn Meilen von der Stadt weg, es ging die ganze Zeit aufwärts, und wir benötigten mehr als eine Stunde für den Ausflug, denn Frank fuhr den stotternden Reo im niedrigen Gang. Der Kühler zischte und stieß kleine weiße Dampfwolken in die kalte Bergluft. Ich saß zitternd auf der Ladepritsche und wurde zusammen mit Rohrstücken, reichlich Bauholz, Farbdosen und verschiedenen Werkzeugen umhergeworfen. Wenn Autos uns überholten, mit tönender Hupe, gab ihnen Frank nur ungern den Weg frei. Er stieß seinen Mittelfinger in den Himmel und schrie: »In den Arsch damit, Mister!«

Der Himmel war grau, kleine Muren aus dreckigem Schnee klebten noch immer an den Talhängen. Frank und Papa waren in der warmen Kabine, reichten sich den Krug hin und her und rauchten Zigarren. Je mehr sie tranken, desto langsamer fuhr der Laster.

Nach der Abzweigung wurde die Straße zu einem steilen Weg mit eingegrabener Fahrrinne, zerfurcht von tiefen Schlaglöchern. Jedes Mal, wenn die Vollgummireifen ein Loch trafen, flog ich zusammen mit den Rohren, dem Bauholz und den Farbdosen in die Luft. Die beiden Trinker blinzelten durch die Rückscheibe und lachten bei jedem Luftsprung, den ich machte. Ein Schimmer von Rache huschte über Franks kleine rote Augen, er konnte meine Anwesenheit nicht ertragen.

Schließlich endete der Weg neben einem kleinen Bach. Als Frank den Motor abstellte, lag eine drückende Stille über der Schlucht. Ich sprang auf den Boden. Meine Füße stachen vor Kälte. Es war ein einsamer, verwilderter Ort, Gestrüpp und Weiden wuchsen an dem Bach, Ochsenfrösche quakten, Grüppchen von Kiefern und Fichten streckten sich in den Dunst. Ich hörte ein seltsames Geräusch, es klang, als würden die Bäume wie Schlafende tief atmen.

Die Männer schulterten die Kisten mit den Vorräten und wir gingen knapp hundert Meter einen Trampelpfad den Bachsaum entlang bis zu einer Lichtung, wo eine Hütte stand, ein Schuppen mit einem Blechdach und einer weit offenen Blechtür. Es gab ein einziges viergeteiltes Fenster, zwei Scheiben waren mit Karton notdürftig geflickt.

Das alles krönte ein Schild auf dem Dach über der Tür. Die Gestalt eines Teufels war in Rot und Schwarz auf ein Stück Sperrholz gemalt. Er hatte Hörner, Hufe und einen langen, sich schlängelnden Schwanz. Außerdem hatte er Schlitzaugen, und sein Mund war zu einem Grinsen verzogen. Darunter stand die Inschrift:

RED DEVIL BERGBAU UNTERNEHMUNG
VICO STEFFANINI UND FRANK GAGLIANO,
RECHTM. BESITZER

»Das ist ja der Teufel«, sagte ich.

Frank sah erfreut zu ihm hinauf.

»Das ist der alte Red. Er ist mein Kamerad.«

Ich starrte immer noch. Man hängt kein Bild vom Teufel an die Wand. Nicht über der eigenen Eingangstür. Das fordert das Schicksal heraus. Es war beängstigend und irritierend zugleich.

»Franks Idee«, sagte mein Vater schuldbewusst. »Das hat nichts zu bedeuten.«

Vielleicht nicht, aber als ich wieder zu ihm hinblickte, sah er wie der Herr des Berges aus, ein Ureinwohner dieses Waldes. Ich folgte meinem Vater in den Schuppen.

Der Gestank warf mich fast um, als ich hineintrat. Es war kein Tiergeruch, sondern der Geruch von Menschen, von Schweiß und Urin und alten Fürzen, es roch nach stickigen Matratzen und Bratfett. Meine Augen brauchten einen Augenblick, um sich an die Dunkelheit zu gewöhnen. Der Boden war ohne Bretter aus festgestampfter Erde. Es roch nach saurem Parmesan. Als Betten dienten bloße Matratzen auf Brettern, die direkt auf dem feuchten Boden lagen. In der Mitte des Raumes stand ein Herd mit einem Rohr durch das Dach. Es gab noch eine alte Couch, deren Eingeweide heraushingen und ein paar kaputte Stühle. Der Tisch quoll über von dreckigem Geschirr.

Ich konnte die Unordnung und den Schmutz begreifen, denn er war einfach da, und ich wusste, dass Menschen manchmal gezwungen waren, an einem Ort wie diesem zu leben. Aber mein alter Herr, mein eigener Vater? Er ließ die Vorratskiste auf den Boden herab und kniete vor den Ofen nieder. Er sah glücklich aus, mit einem Zigarrenstummel zwischen den Zähnen summte er vor sich hin und legte Zündspäne in den Herd.

Er war ein armer Mann, das ganz bestimmt, aber ich kannte ihn nur als sauberen armen Mann, immer ordentlich, sogar fein in den paar Klamotten, die er besaß. Er mochte es, wenn seine Hemden sorgfältig gebügelt waren, sogar seine Kaki-Arbeitshosen mussten genau gefaltet sein. Vor allem verlangte er zu Hause Ordnung. Mäntel und Jacken mussten aufgehängt werden, alle Sachen mussten an ihrem Platz sein. Und hier war er also, mit seinen Knien mitten im Dreck, so fröhlich wie eine Ratte in der Kanalisation.

Frank zündete eine Kerosinlampe an und der dunkle Schuppen glimmte in einem schwachen, gelblichen Licht, als er die Flamme aufdrehte. Obwohl es noch früh am Nachmittag war, dämmerte es schon in der Schlucht. Die Sonne glitt auf der anderen Seite des Berges hinab.

Frank sagte: »Also Junge, du wolltest mitkommen, jetzt musst du dir deinen Unterhalt verdienen. Geh hinaus und bring Holz fürs Feuer.«

Ich ging viermal hin und her und stapelte Holz neben den Herd. Frank und mein Vater ließen sich auf dem zerschlissenen Sofa nieder und streckten die Füße zum kleinen Ofen, der jetzt rot glühte, und bereiteten sich auf eine lange Sitzung mit dem dunklen roten Wein vor. Sie reichten sich den Krug hin und her, und der Wein gurgelte durch ihre Kehlen. Es wurde stickig und heiß in dem Schuppen. Nach einiger Zeit drehte sich mein Vater um und schien überrascht, dass ich in einem Stuhl saß und gelangweilt zusah, wie der Wein weniger wurde.

»Warum gehst du nicht raus und spielst?«, sagte er.
»Spielen? Was soll ich spielen?«
»Cowboy und Indianer«, sagte Frank.
»Oh, Scheiße«, sagte ich.
»Na, na. Keine solchen Worte«, sagte Papa.
»Wo ist die Mine?«, fragte ich.
»Mine?«, fragte Frank. »Was für eine Mine?«

Mein Vater lachte. Frank lachte mit. Beide schwitzten. Sie schütteten sich aus vor Lachen, bis Tränen aus ihren Augen rannen. Ich starrte grimmig vor mich hin, bis das Gelächter allmählich verebbte. Papa trocknete die Tränen mit den Fäusten.

»Du meinst die Goldmine?«, sagte er.

Sie lachten wieder, es war ein Lachanfall, sie kugelten sich auf dem Sofa, schlugen sich auf die Schenkel, lagen sich hysterisch wimmernd in den Armen, gluksten und verschluckten sich am Wein.

»Goldjunge«, sagte mein Vater (so hatte er mich noch nie genannt), »du findest die Mine ein Stück weiter oben am Bach. Folge nur dem Pfad.«

Ich stand auf.

»Ihr seid betrunken«, sagte ich streng. »Ihr seid beide betrunken!«

Sie fingen wieder an, sie heulten wie Kojoten und ich rannte hinaus, zu dem Pfad am Bachufer entlang. Nach kurzer Zeit gelangte ich zur Mine.

Lose Bretter, verrottet und von Termiten zerfressen, bedeckten den Eingang zum Schacht. Ich drückte mich durch eine

Öffnung und stieg in die feuchte Höhle. Der Anblick war nicht sonderlich beeindruckend für den Sohn und Erben eines Minenbesitzers. Der Schacht ging gerade viereinhalb Meter tief. Auf dem schlammigen Boden lagen verrostete Pickel und Schaufeln. Sie waren schon lange nicht mehr benutzt worden, der Griff einer Schaufel war so morsch, dass er wie ein Pilz zerbröselte, als ich auf ihn trat. Wasser sickerte aus der Decke und von den Seitenwänden der Höhle und aus einer finsteren, undurchdringlichen Ecke hörte ich das geschäftige Plätschern von fließendem Wasser. Das war keine Mine, das war ein Loch in einer Bergwand, aus dem eine Quelle trat. Kein Wunder, dass mein Vater die Mine umsonst bekommen hatte. Kein Wunder, dass er und Frank kein Gold gefunden hatten. Kein Wunder, dass sie lachten und sich um den Verstand soffen. Denn das war ihr Spaß. Was sollten sie anderes tun, wenn ihnen so eine Goldgrube gehörte?

10 Ich machte mich auf den Rückweg zur Hütte. Weiße Rauchwolken wehten aus dem Kamin, trieben durch die Baumwipfel und füllten die Schlucht mit Kieferduft. Von der Straße kam das Schnurren eines Motors. Ich dachte, dass es Speed in seinem Marmon sein könnte und rannte los, um ihn zu begrüßen.

Es war eine Frau in einem alten schwarzen Cadillac, die neben Franks Laster vorfuhr. Sie war ungefähr vierzig und dunkelhaarig. Sie trug einen roten Schal, der um Kopf und Hals gewunden war und in ihrem Schoß endete. Sie stieg aus dem Wagen. Ich sah, dass sie groß war, mit mächtigen Hüften und einem üppigen Busen. Sie griff nach ihrem Mantel und ihrer Handtasche, knallte die Türe zu und machte sich auf den Weg zur Hütte. Sie lächelte, als sie mich sah.

»Du musst Nicks Junge sein«, sagte sie.

»Er ist mein Vater.«

Sie blickte in den Himmel.
»Wie viel Uhr ist es?«
»Ungefähr vier.«
»Morgens oder mittags?«, fragte sie lächelnd, ihr riesiger Mund war mit Lippenstift verschmiert. »Oh Gott, ich glaub', ich brauch' jetzt was zu trinken.«
»Davon gibt's in der Hütte jede Menge.«
Sie verzog das Gesicht. »Roter italienischer Fusel. Zum Davonlaufen.«
Sie ging an mir auf dem Pfad vorbei und wackelte auf ihren hohen Stöckeln. Als sie weg war, sah ich mir ihren Cadillac an. Er war ziemlich heruntergekommen, die Lederpolster waren abgenutzt und an vielen Stellen brüchig, die Kabel unter dem Armaturenbrett hingen herunter wie ineinander verschlungene Spaghetti. Der Tacho zeigte 97.000 Meilen. Ich sah nach und fand heraus, dass der Wagen auf Rhoda Pruitt aus Slocum eingetragen war, einer Minenstadt östlich von Boulder. Sie war eine Frau nach dem Geschmack von Frank Gagliano.
Als ich in die Hütte zurückkam, war sie nicht zu sehen. Auch mein Vater nicht. Frank saß am Tisch, trank Wein und aß Brot und Käse.
»Was ist mit der Dame passiert?«
»Was für 'ne Dame?«
»Rhoda Pruitt.«
»Ah, sie.«
»Wo ist mein Vater?«
»Er zeigt ihr das Grundstück. Sie will es vielleicht kaufen.«
»Ich wusste gar nicht, dass es zu verkaufen ist.«
»Kommt drauf an.«
Ich ging zur Tür.
»Wo gehst du hin?«
»Sie suchen.«

»Wieso?«
»Einfach so.«
»Setz dich. Iss etwas Ricotta.«
»Ich hasse diesen Scheiß Ricotta.«
»Dann iss Salami.«
»Ich hab' keinen Hunger.«
»Setz dich, Großmaul. Und stör die Geschäfte nicht.«
»Welche Geschäfte?«
»Dein Vater ist mit Mrs. Pruitt auf Besichtigungstour. Du hältst dich da raus.«

Er hatte eine ganz besondere Art mich zu reizen, und er hatte es wieder geschafft. Ich stieß die Tür auf und ging hinaus. Mein Vater machte eine Besichtigung, also musste er bei der Mine sein. Ich stapfte dorthin.

Rhoda Pruitt saß auf einem Fels vor dem Mineneingang, hatte die Schuhe auf ihrem Schoß und massierte sich die bestrumpften Füße. Mein Vater war nicht zu sehen.

»Hallo«, sagte Rhoda.
»Hallo. Ist mein Vater hier?«
»Hier? Ich glaube nicht.«

Ich ging zum Minenschacht hinüber.
»Da ist er nicht drin.«

Ich steckte trotzdem meinen Kopf hinein und sah mich um, dann drehte ich mich und wandte mich an sie.

»Wohin ist er gegangen?«
»Hast du's schon mal mit der Hütte probiert?«
»Ich komme gerade von der Hütte. Frank sagte, er sei bei Ihnen.«
»Er ist nicht hier.«

Sie sah mich nicht an, als sie sprach, und plötzlich wusste ich, dass mein Vater irgendwo in der Nähe war. Ich konnte ihn förmlich riechen, hinter einem der Bäume oder hinter den Geröllhaufen an der Mine oder er verbarg sich im undurchdringlichen Gestrüpp der Kamillenstauden.

»Papa!«, rief ich. »He, Papa! Wo bist du?«

Aus der Schlucht kam das Echo und wiederholte meinen Ruf ein paar Mal. Dann war Stille.

»Siehst du?«, sagte Rhoda und schlüpfte in ihre Schuhe. Ihr Gesicht verzog sich wehleidig, als sie aufstand. »Leg dir bloß nie Blasen zu«, sprach sie weiter. Dann wurde sie starr von einem plötzlichen, geheimnisvollen Schmerz, sie presste eine Hand an ihren Hintern. »Und keine Hämorrhoiden.«

Ich hätte mich am liebsten ins Unterholz gestürzt und meinen alten Herrn aufgescheucht, aber sie sah so hoffnungslos und verlebt aus – wie ihr alter Cadillac –, dass ich es nicht aushielt, in ihrer Nähe zu bleiben. Ich wandte mich ab und machte mich auf den Rückweg zur Hütte.

Frank saß im Eingang.

»He, was ist hier eigentlich los?«, sagte ich.

»Hast du ihn nicht gefunden?«

»Er versteckt sich vor mir. Ich weiß es.«

»Du bist verrückt. Er war gerade hier.«

»Hier? Wann?«

»Er ist gerade gegangen.«

»Das glaube ich nicht.«

»Wie du willst.«

»Wo ist er hin?«

»Er ist fischen.«

»Fischen? Wieso?«

»Damit er Fische fängt, du Idiot.«

»Oh Scheiße. Da haben wir's schon wieder. Schon wieder diese Atheisten-Lügen.«

Er zuckte mit der Schulter und erschlug einen Moskito auf seinem Arm.

»Was sind Hämorrhoiden?«, fragte ich.
Er wollte es mir nicht sagen.»Warum sollte ich? Du denkst ja doch nur, dass es wieder eine Atheisten-Lüge ist.«
»Schön, tut mir leid. Sag mir einfach, wohin er gegangen ist.«
»Den Bach hinunter.«

Das war auch gelogen, es musste eine Lüge sein, aber ich musste in Bewegung bleiben, auch wenn ich wusste, dass sie mit mir spielten. Es war nicht gut, rumzustehen und darüber nachzudenken, also trabte ich am Bachufer entlang und wusste, dass es ein vergebliches Unterfangen war. Elritzenschwärme huschten weg, als ich näherkam, und Ochsenfrösche tauchten. Die Sonne war nun hinter der Westseite der Schlucht und die Dunkelheit kam.

Ich hörte etwas und blieb stehen. Ein Motor sprang an, es war Rhodas Cadillac. Ich schlug mich quer durch das Gebüsch zum Weg. Der Cadillac hatte gerade umgedreht und fuhr in den wabernden Dunst, als ich zur Lichtung kam. Rhoda fuhr und ich war mir sicher, dass der Mann an ihrer Seite mein Vater war. Sie schossen vorwärts, den schmalen Feldweg entlang und hüpften in der Fahrrinne über Schlaglöcher hinweg, zurück zur Landstraße.

Erschöpft und angewidert ließ ich mich auf den Boden fallen. Es war eine Verschwörung. Den ganzen Nachmittag hatten sie mich hereingelegt und in alle vier Himmelsrichtungen geschickt. Warum? Was passierte eigentlich? Warum war diese Frau da? Ich gab ihr und Gagliano die Schuld. Sie heckten etwas gegen meinen Vater aus und wollten mich dabei aus dem Weg haben. Vielleicht wollten sie ihn umlegen. Vielleicht hatten sie eine Goldader gefunden und hatten Angst, dass ich's rauskriegen würde.

Gut, damit würden sie nicht durchkommen. Es war Zeit, dass ich sie zur Rede stellte. Ich kam auf die Füße und marschierte zur Hütte. Es war Zeit für eine Entscheidung. Die Karten auf den Tisch, Gagliano! Was für ein Spiel spielst du, Atheist? Raus mit der Wahrheit!

Ich stieß die Tür auf und war überrascht.
Da saß mein Vater und trank Wein.
»Haben wir Säcke vor den Türen?«
Ich schloss die Tür vorsichtig.
»Wo warst du?«
»Ich hab' dich gesucht. Und wo warst du?«
»Hier.«
»Die ganze Zeit?«
»Die ganze Zeit.«
»Hast du mich nicht rufen hören?«
»Wann?«
Es war sinnlos, noch mehr Fragen zu stellen. Ich setzte mich und er schenkte mir etwas Wein ein. »Iss etwas«, sagte er und schob mir Brot und Käse über den Tisch.
»Was sind Hämorrhoiden?«
Er sagte es mir und ich musste das Essen wegschieben.
»Du bist zu jung für Hämorrhoiden.«
»Ich meine nicht mich. Es ist die Frau.«
»Sie hat so ihre Probleme.«
Er spülte den Wein durch seinen Mund und starrte gedankenverloren vor sich hin. Seine Augen erschienen wie in Blut getaucht.
»Deine Mutter ist eine wunderbare Frau«, sagte er.
Ich sah ihn einfach nur an.
»Die schönste Frau der Welt.«
Er stand auf und torkelte zur Tür hinaus. Ich ging zur Tür. Er saß ein paar Schritte entfernt auf einem Baumstumpf und sprach mit sich selbst.
»Ein Engel«, sagte er.
Obwohl es noch warm war in der Dämmerung, legte ich noch einige Holzscheite in den Ofen und streckte mich auf der Couch aus. Ich stützte mich auf einen Ellbogen und beobachtete

meinen Vater durch die offene Tür. Er saß da wie eine Statue, das Kinn in die Hände gestützt. Es war sehr still, aber darüber lag der entfernte Lärm der Natur: Ochsenfrösche quakten, Vögel sangen, Grillen zirpten, Käfer summten und die Bäume rauschten im Wind. Das Feuer knackte und warf wilde Schatten an die Decke und füllte die Hütte mit Wärme.

11 Es schien Mitternacht zu sein, als ich aufwachte. Jemand hatte mir die Jeans und die Schuhe ausgezogen und eine Decke über mich gelegt. Mondlicht strahlte durch die Fenster. Das Feuer im Ofen war zum Aschehaufen geworden. Die anderen beiden Betten waren leer. Ich war allein.

Ich zog Jeans und Schuhe an und ging hinaus. Der Mond war riesig. Aus Richtung der Mine hörte ich Gaglianos trunkenes, verwirrtes Lachen, dann die Stimme von Rhoda Pruitt, dann einen Schrei meines Vaters. Ich sagte mir, geh nicht dort hinauf, bleib in der Hütte und lass sie dort in Ruhe – aber ich hörte nicht auf mich. Die Gegenwart des Bösen dort führte mich den Weg hinauf, ich fühlte mich unweigerlich angezogen und rannte ungeduldig auf Zehenspitzen.

Sie hörten mich nicht, sie hörten den Donnerschlag meines Herzens nicht und sie entdeckten mich nicht, während sie sich wie rasend umklammerten, stöhnend aneinander festsaugten, völlig nackt ihre Arme und Beine miteinander verschlungen, ineinander verhakt wie ein Knäuel sich krümmender weißer Schlangen, mit bleichen Leibern im Mondlicht, mit ihrer Decke verknotet und sich daran wetzend, klammernd, keuchend, stöhnend. Dann sah ich das Gesicht meines Vaters. Es war das Gesicht des Teufels über der Tür. Ich drehte mich um und rannte los.

Ich lief zur Hütte zurück. Mir war kalt und ich zitterte. Ich warf Holz ins Feuer. Vor dem Feuer in eine Decke eingewickelt bibberte ich, meine Zähne klapperten. Ich bekam Durst, trink was, wo ist der Wein? Ich trank hastig. Zitterte und bekam nagenden Hunger. Aber nicht auf *ihren* Käse, *ihren* Hämorrhoiden-Käse, nicht auf *ihr* Brot.

Ich fand das Paket mit den belegten Broten, die meine Mutter für mich zubereitet hatte. Ich aß, das fühlte sich gut an in meinem Mund, süß und gut, trotzdem zitterte ich die ganze Zeit mit der Decke um meine Schultern gelegt, und ihr Feuer brannte in meinem Gesicht. Dann entdeckte ich die Flasche, die sie mir in ein Tuch eingewickelt mitgegeben hatte, einen halben Liter Weihwasser. Sie hatte etwas darauf geschrieben: »Weihwasser. Bei Bedarf verwenden.«

Jetzt wusste ich, was ich zu tun hatte. Ich ging zurück zu ihnen, ich rannte mit der Flasche Weihwasser in der Hand, ein kleiner Dummkopf mit Weihwasser, das wusste ich, ich wusste, dass ich mich zum Idioten machte, aber es kümmerte mich nicht.

Diesmal sollten sie mich ruhig hören. Sollen sie's ruhig merken. Ich schrie: »Weihwasser!«

Ich rannte und schrie: »Weihwasser!«

»Das Weihwasser ist schon unterwegs!«

»Hier habt ihr Weihwasser!«

Ich sprang zum Mineneingang, und sie lagen erstarrt, käseweiß, nackt und wie gelähmt auf dem Boden, so steif und bleich wie Tote.

»Seht! Weihwasser! Hier kommt der Junge mit dem Weihwasser! Es wirkt phänomenal!«

Ich schwenkte es herum, schüttete es aus der Flasche und besprengte ihre toten weißen Leiber. »Es ist Weihwasser, Leute! Das wirkt kolossal!« Über ihre Gesichter, ihre Brüste, ihre Schamhaare schüttete ich Weihwasser, trieb den Teufel aus, tötete ihn – und rettete und befreite meinen Vater.

Dann rannte ich und rannte ich, den Pfad zurück, zwischen den Bäumen am Bach hindurch. Ich weckte schlafende Vögel, und sie schreckten auf. Grillen verstummten. Alles wurde still auf meinem Weg, ich rannte, bis ich nicht mehr weiter konnte, und ich warf mich neben einem Baum zu Boden, ganz verrückt vor Scham und bedeckte mein Gesicht.

Schließlich fand mich mein Vater. Er hob mich auf, sah mir ins Gesicht und sagte: »Kannst du wieder?«

Er nahm mich an der Hand und wir gingen still zur Hütte zurück. Verschwommen und vage hörte ich ein Auto starten und wegfahren. Mein Vater sagte nur einen einzigen Satz.

»Es wird alles wieder gut.«

Ich hielt seine kräftige, schwielige Hand. Sie fühlte sich an wie der Huf eines Tieres. Aber es war mein Vater und er konnte das einfach nicht getan haben. Ich brachte das alles nicht auf die Reihe, mein Vater passte einfach nicht in diese ganze Geschichte.

Frank war's, Frank Gagliano war schuld. Frank, der jetzt auf dem Bett saß und sein Hemd zuknöpfte. Ich ging zu ihm und schlug ihn mit der Faust ins Gesicht. Er starrte nur vor sich hin. Ich fing an zu weinen und schlug ihn noch einmal. Ich ging weinend zum Ofen, zerrte wie ein Hund in dem Haufen Holz nach einem Scheit und schlug Frank damit. Ich sah Blut aus seiner Nase tröpfeln und schlug weiter. Ich schlug auf seine Augen, seine Wangen, seine Ohren. Er saß da und bewegte sich nicht. Schließlich sagte er: »Es reicht.«, nahm das Holzscheit, zerbrach es und warf es in den Ofen. Das Blut wischte er mit seinem Hemd weg.

Es wurde langsam hell, als wir heimfuhren.

John Fante (1909–1983)

ist in Deutschland noch immer ein Geheimtipp. Auch in den USA wurde er erst im Alter zu den großen West-Coast-Schriftstellern wie Mailer, Fitzgerald und Chandler gezählt. Seine Beachtung stieg, nachdem Charles Bukowski ihn zu seinem »Gott« erklärte: »Hier war endlich ein Mann, der keine Angst vor Emotionen hatte. Mit überwältigender Schlichtheit vermischen sich Humor und Schmerz.«

Weshalb Fante in seiner Schaffenszeit weitgehend unbeachtet blieb, wird heute der damaligen Verlagswelt zugeschrieben. Seine Bücher *Wait until Spring, Bandini*, *Ask the Dust* und *Dago Red* blieben zunächst Insider-Tipps, die von den großen Verlagen ignoriert wurden. Fante musste sich als Drehbuchautor in Hollywood durchschlagen.

1978 verlor Fante aufgrund einer Diabetes seine Sehkraft; später mussten ihm beide Beine amputiert werden. Sein letztes Buch über seine ersten Tage in Los Angeles diktierte er seiner Ehefrau, bevor er 1983 verstarb.

Bibliografie

1938 *Wait Until Spring, Bandini*
      Hau ab, Bandini, Pohl'n'Mayer, 1987

1939 *Ask the Dust*
      Ich – Arturo Bandini, Maro, 1982; Goldmann, 1997

1940 *Dago Red*
      1985 in *The Wine of Youth*

1952 *Full of Life*
      Alle Sehnsucht dieser Welt, Heyne, 1961;
      Gemischte Gefühle, Eichborn, 1990

1977 *The Brotherhood of the Grape*
      Unter Brüdern, Pohl'n'Mayer, 1984

1982 *Dreams from Bunker Hill*
      Warten auf Wunder, Pohl'n'Mayer, 1984

1985 *The Road to Los Angeles*
      Sein Weg nach Los Angeles, Eichborn, 1988;
      Der Weg nach Los Angeles, Blumenbar, 2017

1985 *The Wine of Youth*
      Little Italy, Maro, 2016 (inkl. *Dago Red*)

1985 *1933 was a bad year*
      Es war ein merkwürdiges Jahr, Eichborn, 1986;
      1933 war ein schlimmes Jahr, Blumenbar, 2016

1986 *West of Rome*
      Westlich von Rom, Eichborn, 1987; Maro, 2017